U0528724

枕上书

梦回洪荒远古时

Back to Chaos in a Dream

人民文学出版社

唐七 著

菩提往生开满宫墙，花盏簇拥，似云雾绵绕。
佛铃花在夜风中轻舞飞扬。
此夜是良宵。

[壹]

　　说洪荒之始,天地一片混沌,似一枚鸡子儿,鸡子儿中孕育了一位古神,乃众神之始,名曰盘古。盘古神睁眼后,不耐混沌蒙蒙,手化巨斧,劈开了合在一起的蒙昧天地,自此,这八荒世界方有了天地之分。

　　然分天劈地毕竟是一桩极费力之事,天地分离不久,盘古神便因力竭而寂灭了,寂灭后的灵气回归天地,诞生出了最早的一批神众。

　　神众中最为强大的父神母神自有灵识,化身之时便自发接替了盘古神的衣钵,依存天道移四海、砌六合、筑八荒,使这混沌的世界在有了天地之分后,又渐次有了日月星辰,自然四时,山川河海,草木森林。

　　四海八荒神仙世界由此而生。随之诞生的,乃天地以自身灵力化育出的神族、魔族、鬼族、妖族、人族五族生灵。五族生灵共存于四海八荒之中,男女为配,繁衍生息。

　　要说五族诞生之始的十五万年里,大家过得其实挺和睦,但随着各族人口越来越多,眼看各自的地盘不够用,族与族之间征战的大幕便也由此拉开。但说是五族之战,其实也只是神族、魔族、鬼族三族的战场罢了。妖族和人族皆很弱小,只能依附于其他三族生存,在这场旷日持久、时战时休,似乎永无尽头的战争中,根本没有任何话语权。尤其是人族,总是最先沦为战火的祭品。

　　其时,已迈入暮年的父神虽为五族之间的征战而感到忧心,但也无力阻止,三思之下,在昆仑之东的寿华野建立了一座名为水沼泽的学宫,网罗五族才俊进学,期望各族贵裔能通过同宫进学增进彼此了解,往后能多少减少一点五族之间的争端。

　　同时,父神顺天顺运,在四海八荒之外的混沌里撒下了盘古神寂灭后,以古神仙体为血食而生长出的钵头摩花。钵头摩花即赤莲花,赤莲花瓣承继了盘古神的创世之力,每一片花瓣生成一个世界,将八荒之外的混沌分割为了数个小世界。三千大千世界十亿凡世由此而生。

然这三千大千世界因是赤莲花所化，生而便带着恶息。

接下来的几万年，父神一边调伏着十亿凡世的恶息，一边休隐于水沼泽学官中传教弟子。他期望弟子们能够友爱互助，回各族执守要职后亦能对别族心怀友敬。当然父神存世几十万年，也并非那样天真，亦明白实现前者的可能性大约极小，故而他也有退而求其次的想法，觉得若能培养几个人才出来接替自己的衣钵，于这乱世之中护佑住最为弱小的人族，不使他们灭族，那亦是好的。

不幸的是，父神在世之时，他的两个期望都落空了。甚至在在世的最后一百年里，他还亲眼看着自己在水沼泽中最为满意的弟子之一，也是自己的嫡子——墨渊神义无反顾地踏上了自己最不能认同的以战止战之路，在他羽化之时也不曾回头。

父神虽不喜墨渊神手染鲜血，以战止战，但墨渊神踏足五族战场不过七百年，便率领诸天神祇彻底征服了鬼族和妖族，结束了十来万年的五族混战，使得旷日持久的天地大战终于告了一段落。

自此，鬼族、妖族皆臣服于神族，弱小的人族也尽归神族庇佑。在墨渊神成为这场五族混战的主导者之后便立刻退出了此战的魔族，虽不必向神族纳贡称臣，但据两族签订的《章尾之盟》，魔族此后也将只踞于南荒，不与其他四族为难。

在经历了十余万年的混乱之后，天地似乎即将迎来暌违多时的长治久安了，然就在墨渊上神即将于九天之巅重封八荒之神、结束旧神纪开创新神纪、确立天地的新秩序之际，魔族那位素来同情人族的始祖女神少绾，竟趁着九天神族皆忙碌于封神大典、无暇他顾之时，以凤凰的涅槃真火烧毁了隔离四海八荒和十亿凡世的若木之门，将人族送往了凡世，而她自己也因此耗尽了仙力，不幸羽化灰飞。

彼时十亿凡世的恶息虽已被调伏清除完毕，但依然焚风横行，业火遍地，并非人族的宜居之处。不过少绾对此早有所备——涅槃之前，她曾亲自前往姑媱山求助隐居的光神祖媞。

祖媞受少绾所托，在少绾羽化后立刻赶往了凡世，以己身献祭混沌，化育出了万物，使得人族得以在凡世安居，最终令人族彻底脱离了四海八荒神仙世界，结束了其几十万年来只得依附于强族，长久如此必然灭族的悲哀命运。

少绾羽化，若木门开，人族徙居，祖媪献祭，天地为之震动，四族尽皆哗然。

八荒中，妖族有几位看事通透的长老私下议论，认为照墨渊神的铁腕无情，趁着魔族失去少绾神这个首领之际，定然将砺戈秣马踏平魔族，以成就自己一统天地的伟业；封神大典大抵要无限期往后推延了。

然出乎那几位智慧的长老的预料，神族并无整甲缮兵之相，六日后，封神大典竟是在九天之巅如期举行了。

大典当日，高座之上，墨渊上神一袭白袍，面色若玉；换下战甲重披回素袍的俊美神祇，仿若又变回了昔日水沼泽学宫中那空山幽兰一般的温雅贵公子。可毕竟是不同了，战场之上七百年的残酷搏杀，终使得幽兰染血，那原本纯然不沾一丝尘埃的气质中掺了狠厉与血腥，深藏于眼眸中的内敛威势，已是神王的威势。

封神大典延续七日，盘古开天以来混沌了近五十万年的八荒，第一次实现了各位有其神、各神在其位，天地间也第一次有了统一的法典，规定了五族需共同遵守的秩序。这一切，标志着混沌而战乱频频的大洪荒时代终于结束了。

参与了九天封神的神、鬼、妖三族的头领们，无不为高座之上那一身素袍却威势迫人的年轻上神所折服，并深深相信，在这位神王的统领之下，那令人绝望的似乎将永无止境的战乱时代真的会就此结束，和平时代即将来临。

但令八荒所有生灵都没想到的是，在封神大典结束的三个月后，四族之事刚刚走上正轨之时，他们所信奉并依赖的这位神王便失踪了。

神众们翻天覆地寻找了他整整三年，没有任何人寻到他的踪迹。众生灵终于接受了他们的神王确然失踪、遗弃了他刚刚建立的大好功业这件事。但没有一个人知道他这样做的原因。

一个平时喜欢看话本子的很有想象力的小神仙在私下里和同伴议论："神座失踪，会不会是因为少绾神？你看，少绾神羽化不久，神座便闹了失踪……传说在水沼泽学宫之时，神座同少绾神也是有些情谊的……"

同伴不仅不信，还立刻给出了有力的证据反驳："有什么情谊啊？你死我活的情谊吗？天下皆知，少绾神同咱们神座一向是势不两立的！说是神座突然厌倦了统理四族半途撂挑子遁了，也比这个可信啊！你看碧海苍灵的东华帝君不就是那样吗，明明同神座并肩征战，征战得好好的，那时候我还想过若是咱们神族一统天地了老大究竟会是神座还是帝君呢，没想到没多久帝君就说打烦了，他要回碧海苍灵老家隐居了。"

小神仙被同伴这么一提醒，也想起了东华帝君这一茬，立刻觉得同伴说得很有道理，沉重地点了点头："寿华野八圣，个个都有怪脾气，咱们神座也是八圣之一，说不定也是因犯了怪脾气……"

居于十里桃林，与墨渊东华少绾均同窗且同僚过的折颜上神为神八卦，隐了行迹从两个小神仙身边路过，隐约听完这段对话，不禁望着远处章尾山的方向叹了口气，有些替墨渊和少绾感到可惜，只觉两人明明纠葛了成千上万年，天下人却半分不知，到头来提起二人，只得势不两立四字，除此之外似乎什么都没有，什么都不剩，令人颇为唏嘘。

贰

碧海苍灵乃四海八荒灵泽最为深厚的圣境，位于天之尽头，主人乃东华帝君。

折颜上神坐在碧海苍灵石宫中的佛铃花树下，看着对面执着白子瞑别三年的银发青年，有许多问题想问，但一时又不知从何问起。

新神纪封神，封给青年的尊号乃八荒至极玉宸上圣济世救厄东华紫府少阳帝君，为其建宫一十三天。帝君乃八荒的帝君，这个神职，掌管着天地八方诸位天尊，是个顶要紧的实职。而世所周知，东华他也的确去一十三天的太晨宫住了三个月，理了一段时日的事，但在墨渊失踪的次日，帝君便离开了一十三天重回了碧海苍灵，从此避世避尘。

帝君离开天宫的时间同墨渊上神失踪的时间如此接近，也不是没有神众怀疑过关于神座失踪这事，帝座或许知晓一些内情，他们也存过去过碧海苍灵打探的意思，然碧海苍灵一关就是三年，帝君自己不打开禁制，那整个碧海苍灵就连只蚊子也飞不进去，大家只好歇了心思。

折颜上神今日有幸能坐在这佛铃花树下同帝君下棋，也是全赖他在碧海苍灵的后门断断续续蹲守了三年，好不容易蹲守到碧海苍灵的掌事仙者霏微仙官有事出门，才得以被引进来。

白子落棋盘，帝君看了双眉紧蹙的折颜上神一眼："你远道而来，应当不是单为了寻本君下棋吧？"

折颜一怔，一笑："贤兄果然一向的快人快语，愚弟来此的确有事相问。"顿了一顿，"墨渊失踪之事，贤兄可知晓什么内情？他离开，是因为少绾吗？你可知晓如今他的行踪？"

帝君并没有正面回答这紧锣密鼓的三个问题，拿起茶盏来喝了一口，只风轻云淡道："在学宫时你便同他一派，你二人的关系理当更近一些，若连你都不知他的去向，本君又如何能知？"

折颜上神被噎了一噎，他安慰自己，帝君说话一向如此噎人，无须在意，再则顺着帝君的说法想想，其实他说得也不无道理。论关系亲疏，的确还是他同墨渊更亲近一些。

折颜陷入了回忆之中。

不过也就是几万年前的事。

水沼泽学宫的学子里曾有八位叱咤风云的人物，被众学子尊为寿华野八圣。八圣虽只有八个成员，但也分了两派，一派四位俱是神族，有他，有墨渊，有青丘的九尾狐白止，还有如今已身入梵境的悉洛；父神之子墨渊是他们的头儿。另一派三位皆为魔族，有少绾，有悉洛的弟弟瑟珈，还有如今已身化冥司的谢寅；魔族始祖少绾是这个三魔小团体的头儿。

显而易见，四神三魔之外，八圣中还有一圣居然是不拉帮结派的。这个不拉帮结派的人物就是东华。

神族与魔族那时候势不两立，因此寿华野八圣这个风云团体也整天搞内斗，作为内斗两派的头儿，墨渊和少绾成天上学宫小报，故而那时候，少绾的名头是要比东华更响亮些的。但论起武力值，能与墨渊一战的却并非少绾，而是不怎么搞事情上小报的东华君。

明明是凭着一己之力靠着一双拳头便称霸天之尽头，将彼处的魔族、妖族尽皆收于麾下当小弟的狠人，东华君却不怎么在学宫里搞事，折颜觉得这可能主要是因为他也不怎么来学宫上学的原因。东华君偶尔赏脸入学堂,也只是在夫子眼皮底下睡觉。而与之相对应的是,少绾君她虽然是个经常搞事的校霸,但这个校霸她居然是从不缺课的。

东华和少绾是自幼结识的朋友。折颜记得,彼时不怎么来上课的东华为了应付旬试,总找少绾借笔记。但校霸怎么会认真写笔记,因此头几年上学,东华同少绾一样,只要是靠笔记取胜的什么经义课算历课史学课,统统不及格,没留级全靠射御课技击课术法课得高分拉成绩。可见两人也是真的能打。

后来学宫小报上寿华野八圣内部两派的冲突不断升级,没事也爱看学宫小报的夫子对此甚为忧心。虽然墨渊向来有如兰君子之称,但被小报洗脑严重的夫子那一阵怎么看他和少绾两人,怎么担心他们一言不合打起来。夫子胆战心惊地思索了一番,自以为英明地将原本坐同桌的少绾和墨渊调开了,将谢冥安排给少绾做了新同桌,而原本同墨渊没什么交集的东华,则成了墨渊的新同桌。

折颜想起来,好像纯粹是因为坐得近,东华就就近抄了两次墨渊的笔记,没想到当月的旬试居然同墨渊并肩考到了第一。

大家虽然不明说,但泰半觉得这应该是墨渊笔记的功劳,墨渊的笔记一时在整个学堂里奇货可居。但次月墨渊居然病了,没来学堂,大家借不到笔记,东华也借不到笔记。没有墨渊的笔记,大家还有自己的笔记,也勉强可以准备旬考,可东华是个没有自己笔记的人,总得找个人抄笔记吧,巧的是从前借他笔记的少绾也病了没来上学,东华就抄了白止的,结果当月旬考又考了第一。

大家就发现了,当然东华也发现了,只要他不要想不开去抄少绾的笔记,一般都能考第一。

折颜记得,后来东华一般就固定抄三个人的笔记了,墨渊的、白止的,以及谢冥的。因为坐得近,墨渊的抄得格外多些。但除了抄笔记,东华好像的确同他们关系平平,除了借笔记和还笔记时能有几句话,平时好像也没有什么话说。

后来五族之战,东华为何选择与墨渊并肩作战,折颜也不太清楚内情,战场上二人如何相处,他也看不太懂。说近也是近的,彼此都有在强敌环伺之时将后背托付给对方的信任,但似乎的确论不上一个"亲"字,因为平时看他们好像依然没有什么话说。

帝君同墨渊，或许的确如他所言，论起亲疏来，是不及自己同墨渊的。

一个小仙童上前来添茶，折颜方从回忆中醒过神来。

帝君说话滴水不漏，不过折颜上神也并非三岁小儿那么好打发好忽悠，或许他的确不知墨渊去向，但墨渊为何失踪，一向洞见万里的帝君总不能什么也没有察觉。

折颜想了想，换了个方式探问："墨渊，"他筹措了一番言语，"近时虽说神族的戾气也渐渐重起来，但墨渊他一向并非是个好打好杀的神，空山幽兰一般的谦谦君子，时论课上也从不是个主战派，这个贤兄也是知晓的。不瞒贤兄，七百年前他决意踏上战场加入五族之战时，还着实令白止和我吃了一惊。但听说他做出这个决定的前一夜，曾见过父神和少绾一面，因此这许多年来我一直在猜测，是父神和少绾同他说了什么，才使他做出了那个决定，是吗？"

喝着茶的帝君略略抬目，像是觉得莫名其妙："这桩事，与其现在来问我，你难道不应该前几百年趁墨渊还在的时候直接去问他？"

折颜上神再次被噎了噎。自他今日踏入这碧海苍灵，除了开首的寒暄，说一句话就被帝君噎一回，简直要说不下去。但不愧是以长袖善舞著称的折颜上神，咬着后槽牙，硬是呵呵笑了两声将此段揭过了："呵呵，这不是一直没来得及问吗，谁知道他就失踪了呢。"

但折颜上神也不欲再领略帝君的毒舌了，想着问那几个问题原本是为了同东华套近乎，谁知他并不买账，那又何必多费事呢，赶紧将神族几位长老嘱托自己的事传达清楚了事吧。他就咳了咳，不再搞什么花架子，开门见山说明了来意："方才那几个问题不过是愚弟的一点私心，贤兄不愿答倒也罢了。其实愚弟今日来，主要还是代神族长老们延请贤兄重回九重天的。"他诚恳地面向东华，"长老们希望贤兄能再回太晨宫主持大局。"

帝君终于没有噎人了："哦？才三年，神族就出乱子了？"他垂眸看着棋盘，摩挲着手中的棋子。

听到"乱子"二字，折颜真情实感地叹了口气："可不是。"他三言两语将眼下神族的棘手内情总结了一番，"墨渊离开了，贤兄你也避世了，因此两年前众神推举了墨渊座旁的后桭神君主事。后桭与伏婴二人同为墨渊的左右手，后桎主事，伏婴自然不服。两派各有拥趸，在凌霄殿分庭抗礼，现在闹得是沸沸扬扬。几位长老同我感叹，说若墨渊离开时能留下只字片语，名正言顺地定出下一位继任者，如今神族也不至于乱成这样。"说到此处，很是无奈地摊了摊手，"如贤兄所闻，后桎上神同伏婴上神，谁做神主彼此都将不服，届时神族必定会迎来一场内斗，要避免这场祸事，唯一之法便是恭请一位能使八荒都敬服的上神坐上神主之位。长老们商议后一致认为，这位上神，非贤兄莫属。"

嗒一声，一粒黑子落在棋盘上，帝君容色平淡："本君离开太晨宫时，长老中喜出望外者不在少数，如今他们收拾不了烂摊子，便让本君去收拾？"这话是嘲讽之言，但帝君语声淡然，听上去便并无讽意，更像是真心实意地在好奇，"本君有这么好差遣？"

接下这桩差事时，折颜便明白，要将它做成很难，如今东华是这个答复，也算在他意料之中。折颜上神讪讪地："我也觉得老头子们不大地道，唉，墨渊他确然走得太仓促了些，若是定下了继任者，如今的确不至于……"

嗒一声，一粒黑子又落在了棋盘上，帝君很难得打断了他的话："墨渊他踏上这条统一五族之路，原本便是为了阻止少绾打开若木之门，为人族而羽化，岂料天命不可违，若木之门最终还是打开了，少绾也涅槃羽化了，他所追寻的一切都没了意义，自然不会再留下。一个人心灰如斯，能等到四族之事上了轨道再离开已算周到至极，你们还抱怨他临走时未曾给神族定下什么继任者？"

说这话时帝君依然看着棋局，似是漫不经意，脸上没什么表情，声音也是淡淡的，折颜却听出了不悦之意。在以一手白子吃掉三颗黑子后，帝君微微抬眼，看向折颜："他已将这天地打下来放在你们面前了，神族若还守不住，如此废物，那便合该鬼族和魔族再度崛起。"

折颜原本还在震惊东华竟主动提及了墨渊失踪的原因，同时也颇吃惊墨渊离开果然是同少绾相关，乍然又听到他后面一句话，回过神来后也不禁汗颜："道理虽然是这个道理，"折颜上神虽不爱理事，但医者向来有仁心，还是很关心神族的前途，"但倘若任凭鬼族和魔族壮大，那他们强盛后势必会进犯神族，届时天地又会……"话到此处突然一个激灵，定定看向东华，"你……你两百年前突然离开战场回到碧海苍灵避世，难道是因为早料到了今日，所以才……"

帝君没什么情绪的眼睛里闪过了一点微光:"哦,你猜到了什么?"

折颜捕捉到那点微光,越发肯定:"你那时候就知道了少绾有法子打开若木之门,而打开若木之门会要了她的命。你明白一旦少绾羽化,墨渊必定也会会放弃一切离开,届时神族又将变成一盘散沙,天地会再次大乱,再打下去也没有意义,所以你才会在那个神族一路高歌的时刻决然选择归隐,对吗?"

银发青年没有立刻回答他。

但若是如此……折颜又生出了一点疑问:"可若你愿答应长老们回九重天主事,那即便墨渊离开,有你坐镇,神族亦不会乱,神族不会乱,天地便不会乱,你又何须……"

帝君握着刚刚吃进的黑子,今日第一次正眼看折颜上神:"你还算有点聪明。"他赞赏道。似乎为了嘉奖对方的聪明,他也愿意多说两句:"为了在七百年内一统天地,战场上墨渊从不含糊,但内治上却不得不疏忽,这样下去迟早会出问题。这些年神族里人心鬼蜮,蚊蝇鼠蟑皆在其中,若我一直在,如何让他们现形?"

折颜蓦然明白,的确,若东华在,神族便不会乱,但只有神族乱了起来,隐匿其中的魑魅魍魉才会现形。病灶出来了,才好剜腐肉剔腐骨,对症施药。这是一盘更大的棋。

帝君在棋盘上落下了最后一子,折颜方才发现,在他一心扑在天下事上时,帝君已接过了他的黑子,自个儿同自个儿对弈完成了一局。折颜上神呆然良久,不知说什么好,良久后语带双关地赞帝君:"贤兄确然是个弈棋的高手。"

帝君对这句称赞也是很淡然:"嗯,我是。"他回答。

了解了帝君的打算,折颜安稳了许多,如何回复长老们,他心中也有了个谱。他也是实在不想继续受罪和帝君下棋聊天了,站起来便要告辞,不料霏微仙者突然趋步上前来,低声相禀,说碧海苍灵又迎来了一位访客。

帝君对这事也不是很热心,一边收拾着棋摊子一边随口问:"哦?你又将谁领进来了?"

霏微赶紧拱手:"这一位却并非臣下领来的,是他自个儿穿过了帝座您的禁制走进来的。"

东华停了收棋的动作，正要说话，折颜却已一脸震惊地先一步开口："什么？连本座都没法穿过那禁制闯进来，谁还能有这个本事？难道是……墨渊？"

东华沉吟："墨渊也没办法闯进来。能穿过此禁制的，要么是被我赦免在此禁制之外的人，譬如霏微。要么是同我血脉相连之人，可惜我并没有父母也没有兄妹。"说到此处，连他本人都有些好奇了，看向霏微，"难道我除了赦免过你以外还赦免过别的人？"

霏微欲言又止："那位访客……应该是与帝座您血脉相连，故而才能进入咱们碧海苍灵。"

就见同折颜聊了半天天地大事亦八风不动的帝君那张脸空白了一下，半响，他道："我记得，我是个孤儿，我没有兄弟，也没有姊妹。"

霏微摇头："他既不是您的兄弟，也不是您的姊妹。"

东华立刻道："我也没有父母。"

霏微还摇头："他也不是您的父母。"

东华皱眉："那他是……"

霏微鼓起勇气："他说他是您的儿子，他的名字叫白滚滚。"

东华："……？"

折颜："……？？？"

已经站起来准备打道回府的折颜上神收回了已迈开的脚步，他不仅收回了脚步，他还后退了两步，又端端正正地坐了回去。

这是什么惊天大八卦？折颜上神面上不动声色，内心暗潮汹涌：没想到蹲了碧海苍灵三年的后门这么值得，本座这后门没白蹲啊！

【叁】

白滚滚醒来时发现自己躺在一片婆师迦花丛里，白色的花盏漫出浓郁的花香来，花香中含着一点雨后的水润。他不禁打了个喷嚏，站起来往前一看，才发现自己竟来到了碧海苍灵。

白滚滚的小脑袋蒙了一蒙。十年前诛杀妖尊渺落时，父君和九九皆受了伤，九九喝了好几大碗父君的赤金血，配合着折颜上神的丹药，调养了几月倒也无大碍了，只是仙力一时半会儿修不回来。但九九嘛，她的仙力什么时候能修回来，这也不大要紧。父君的问题也是要将失去的仙力修回来，不过，这可是整个神族都很关怀的大事。重霖哥哥说，其实若父君能专心一意地沉睡调养几百年，那也就好了，但是他不想九九刚回九重天就又是一个人，再则他也不想错过他这个小滚滚的成长，因此选择每年闭关三五个月，拿一千年的时间将仙力慢慢休养回来。

今日便又到了父君一年一度闭关的日子。父君闭关，是在太晨宫最内里的仰书阁中。每年父君闭关，九九便会带他回青丘。趁着九九在仰书阁门口同父君难舍难分之际，他自感多余，就偷偷溜了出来，打算去三十六天各宫各室同自己玩得好的小仙童们道个别。路过元极宫时，他想着虽然元极宫没有小仙童，但元极宫的连三叔叔对自己一向好，他要回青丘了也当去打个招呼。谁知一进元极宫，扑面迎来一道光波，他就人事不知了……

是了，片刻前发生的事应该就是这样子的。

结果一闭眼，一睁眼，他居然就来到了与九重天相隔十万八千里的碧海苍灵，碧海苍灵的大门前还围着老大一群神仙，有几个神仙还在舞枪弄棒拆房子似的对着他父君的禁制刀劈斧砍。

居然有神仙敢在碧海苍灵动土，这是什么情况？

白滚滚一头雾水地走近，找了个不起眼的位置，蹲着凝神观察，然后听到两个小神仙哥哥发议论。

小哥哥甲望着前方叹气："如此对帝君不敬，倘果真将帝君给惊动出来，咱们都不会有好下场吧？"

小哥哥乙相比较而言有点激进："只要帝君能出来，咱们没有好下场又如何呢？神族已危在旦夕了，我等若能请得动帝君出山，便是为此而死，也是死得其所啊！"

小哥哥甲理智尚存地规劝："听说长老们也请托了折颜上神，咱们在此处恭敬地等，若是等不到帝君，那兴许折颜上神也是有办法见到帝君的。我总觉得，咱们也不是非要用如此激烈的办法……"

白滚滚这么听了一阵，有点疑惑。听两个小哥哥的意思，父君现在竟然是在碧海苍灵？可父君不是要闭关了吗，为何又赶来碧海苍灵了？

他朝前面那几个用尽全身解数企图破开父君禁制的神仙走了过去，但也没有靠得太近，只找了个安全的地儿再次蹲了下来。

这些神仙好像有急事要见父君，可他们这么一通乱劈乱砍，如何动得了父君的禁制？

不过白滚滚也很懂，以他的仙力根本不是这几个一看就五大三粗的神仙的对手，他也就没有主动出声让他们停下来别再砍他们家大门了。

直到几个神将劈砍累了，他才站了起来，走过去，很有礼貌地对他们点了点头："请问，你们是砍累了，想要休息一会儿了吗？"

的确是打算停下来歇会儿的神将们看着眼前突然冒出来的小娃娃，面面相觑，有点蒙。

"哦，那请你们让一让。"说完这句话，白滚滚小心地从神将们中间穿了过去。

神众们眼睁睁看着这不知打哪冒出来的小娃娃畅通无阻地走进了那个他们劈了半年也没劈开的金色禁制圈，不费吹灰之力地去到了碧海苍灵的大门前，再眼睁睁地看着他慢吞吞地从脖颈里掏出来一把钥匙，踮起脚尖颤巍巍地将钥匙插入门上的玉锁，啪嗒，轻而易举地打开了那扇他们守了三年、集四十九人的心血和智慧，尝试了一千零九十五个日夜也没能碰到边角的大门。

大家都蒙了。

白滚滚并没有感受到身后突然诡异起来的气氛，落落大方地推门走进去，转身关门时，还隔着帝君的禁制，对着门外目瞪口呆的一众神将又点了点头，依然很有礼貌："谢谢你们给我让路。"然后在一众不可置信、怀疑神生的目光中，斯斯文文地关上了门。

白滚滚熟门熟路地套上小船穿过花木扶疏的海子，眼看临近石宫，他才感到事情有点不对头：石宫右侧与海子相连的那片花园居然不见了，取而代之的竟是一片茂密的小树林；且石宫宫门上挂着的居然也不是去年他同父君合写的那块玉匾了，却是几个他并不认识的刻字。

正当他陷入沉思之际，一个从没见过的小哥哥飞身而下，拦住了他的去路，自称霏微仙者，乃碧海苍灵的掌事仙者。

白滚滚当时就蒙圈了。

霏微仙者，他是知道的，乃碧海苍灵的第一位掌事仙者，是重霖哥哥的爷爷，十几万年前就已经羽化了。

当霏微仙者谨慎而好奇地问他究竟是谁、怎能够踏足碧海苍灵时，蒙圈着的小滚滚生平第一次犯了结巴："我……我是我父君，也就是帝君，也就是东华帝君，我……我是他的儿子，我的名字叫白滚滚。"

然后霏微仙者就和他一起蒙圈了。

在被霏微仙者领着去见父君的路上，聪明的小滚滚有些想明白了。三年前昆仑虚那件大事后，归位的光神祖媞一直在元极宫闭关养伤。听说为了祖媞神，连三叔叔将整个元极宫都搞成了一个闭关法阵。想必他今晨前去元极宫时，不小心冲撞了法阵，因此就如同白浅姑姑爱看的那些话本子里的小姐姐一样，他穿越时空了。毕竟祖媞神最负盛名的一则能力便是回溯时光。他冲撞了祖媞神的法阵，故而被送到了重霖哥哥的爷爷还活着的时代，那倒也是很合理的。

此时，白滚滚就坐在帝君跟前。霏微仙者专门给他化出了一张小椅子，他扶着小椅子玉制的扶臂，有些好奇地看着面前的父君。他并没有着急自己被祖媞神的法阵送到十几二十万年前该如何是好。眼前就是自己无所不能的父君，有父君在，他就很有安全感，觉得父君一定能将自己送回去。

面前这个年轻的父君看了他片刻，开了尊口："你说你是本君的儿子？但本君从未成过亲。"

白滚滚愣了愣，他很震惊父君居然不想认他："可、可我是一个银色头发的小仙童啊，一看就是父君您的孩子。"

可就算他提出了这样有力的证据，他父君也并不以为意似的："魔族的长波、雾却，妖族的莹无尘，还有神族的澄辉，也都是银发。"

白滚滚完全没有想到，在这个时代里，这八荒四海除了他父君外，还有这么多银发的妖魔鬼怪，他惊讶了片刻："可我长得这么好看，除了父君以外，别的银发的叔叔阿姨，都不配有我这么好看的小孩的。"

他父君又看了他片刻："嗯，我也同意你这个说法，"他顿了顿，"但是，我的确没有成过亲。"

白滚滚这才想起来："哦，我忘记告诉父君了。"他努力地组织着语言，试图将事情说清楚，"我不是父君您现在的小孩，但我是您未来的小孩。今晨同娘亲送父君去闭关后，我去元极宫找连三叔叔告别，结果不小心冲撞了祖媞神的闭关法阵，就被那个法阵给送到这里来了。"

"祖媞？ 祖媞还活着？"这话不是他父君问的，是一直坐在旁边喝茶的折颜上神问的。当白滚滚将视线移向他时，折颜上神难抑惊讶但是态度和蔼地又朝着他提问了一句："小滚滚啊，你说你是来自未来，那你知道你来自多少年后吗？"

白滚滚是个很有条理的小孩，他打算依次回答折颜的问题："回折颜上神，祖媞神的确还活着，不久之前才归位的。"但他毕竟还是一个容易忘东忘西的小孩子，回答完这个问题，就有点忘记折颜上神还问了什么，眼巴巴地看着他。经过折颜上神提醒，才又想起来："哦，我也不知道我是来自多少年后的，"他思考了一会儿，"但是我知道我出生的时候父君已经四十万岁了。"

折颜上神很快做出了这道算术题，他倒吸了一口凉气："这么说，你是来自二十六万年后了？"他还立刻抓住了这段八卦的亮点，"你说帝君四十万岁高龄时才有了你，那想必你是最小的一个孩子吧，你还有几个哥哥姐姐呢？"

白滚滚摇了摇头："我没有哥哥姐姐，我是父君唯一的孩子，也是太晨宫唯一的少主人。"说完这句话后，他转过头去看站在身旁的霏微，"霏微哥哥我有点渴，我想喝水。"

霏微赶紧给他张罗了起来。

帝君审视着面前捧着茶杯一口一口斯文喝茶的小娃娃。

这自称白滚滚的孩子的确和他长得很像，而祖媞也的确还有可能活着，活着的祖媞也的确能够将这小孩送到二十六万年前来，最重要的是，这孩子还能畅通无阻穿过他的禁制。一个小娃娃，就算撒谎也不可能如此周密，那这个漂亮的孩子应该的确是他的儿子了。对红尘情爱没有半分兴趣的帝君，在确定了白滚滚是他儿子之后，他没有对自己未来的妻子究竟是谁产生兴趣，却对另一件事情由衷地感到了纳闷，沉吟了半晌，问还在埋头喝水的小娃娃："四十万岁？ 为何我和你娘那么大年纪才生了你？"

白滚滚从杯子里抬起头来，眨了眨眼睛："娘亲没有四十万岁，娘亲还很小的，我们家里只有父君您是四十万岁，"他仔细地想了想九九那时候是怎么形容自己的，很快想了出来，右手捏成个小拳头往右腿上轻轻一撞，很有把握地重复，"九九自己也说她很小，是父君您的小娇妻。"

"小娇妻"这三个字让帝君的脸空白了一下。

折颜上神扑哧笑出声来："你这个小娃娃，你知道小娇妻是什么意思吗？"

滚滚放下茶杯："嗯，"小手一挥，不容置疑，"我当然知道，九九说她刚刚成年可以谈论婚事时就嫁给了父君，水灵灵的那么年轻，又那么好看，所以是小娇妻。"

帝君空白的神色里浮出了一点疑惑："所以我和你娘到底相差了多少岁？"

滚滚默算了下："三十七万岁。"

帝君沉默了片刻，神色凝重："你是不是多说了一个万字？"

滚滚摇头，为了表示自己是个可信之人，也学着他父君摆出凝重的神色来："没有。"他很是严谨地同他父君讲解这道算术题，"父君您是四十万岁的时候娶的娘亲，那时候娘亲三万岁，四十万减去三万，所以是三十七万。"补了一句，"不是三十七。"

帝君再次沉默了片刻，神情看起来有点恍惚："为什么我们年纪相差那么大，我还娶了她，我是被逼的吗？"

折颜上神生平第一次看到东华如此，都快乐死了，见滚滚愣在那里无法回答这个问题，不禁强忍着心花说了句公道话："别说是二十六万年后四海八荒之中贤兄将有多德高望重了，便是今日，天上地下也没有谁敢逼你啊贤兄，可见你都是自愿的！"又向愣着的滚滚道："想必你娘亲一定是有什么过人之处，才会使得帝君他不在乎如此悬殊的年龄差距真心相娶吧。对了，你娘亲是哪家闺秀啊？"

这题滚滚会答，立刻重新振作了起来，望向折颜上神："我娘亲您不认识的，"想了想，"不过我娘亲的爷爷您认识，就是您的好朋友白止上神。"

折颜上神一口茶喷了出来。

正好喷了滚滚一身。

滚滚惊呆了。

帝君终于回过了神来，看了一眼折颜，又看了一眼滚滚，示意靠微带滚滚下去换身衣服。

滚滚跟着霏微离开，佛铃花树下只留下两位上神面面相觑。

良久，折颜上神开口打破了树下的寂静，满脸的好笑加不可思议："你居然娶了白止的孙女！"

折颜上神的话刚落地，不待帝君回答，两个活泼的小仙童蹦蹦跳跳地跑了进来，手里还抱着一只火红火红的小狐狸。

帝君看向面前的一双小仙童，感觉头疼："你们又有何事？"

小仙童献宝一样将手里的九尾小狐狸呈在帝君面前，叽叽喳喳地讨功："帝座帝座，奴仆们在金镜湖旁捡到了这只稀奇的小狐狸，想着帝座喜爱圆毛，就将它带了来，帝座您抱抱看！"

帝君确实喜欢圆毛，确实是看到漂亮的圆毛就忍不住要抱一抱，因此他抱过了小狐狸，见它双眼紧闭，问两个小仙童："它怎么了？"

小仙童答："我们捡到它时它就昏过去了，但也没有大碍，给它吃了清心丸，应该很快就会醒的！"

帝君点了点头，抚了抚小狐狸的额头，向两个小仙童："就将它养在宫里做灵宠吧，你们去给它搭个舒适的窝棚。"

换了衣服重被霏微领出来的白滚滚听到"窝棚"两个字有些好奇，一边小声嘟囔："什么窝棚，"一边转过斜廊，一眼看到帝君怀中的小狐狸，眼睛睁得老大，"啊，娘亲！"

折颜上神看了一眼白滚滚，看了一眼帝君，又看了一眼帝君怀中的小狐狸。"啊，"他说，"一家三口团聚了。"

帝君则是再次一脸空白，看着怀中的小狐狸，放下也不是，不放下也不是，一时间不知道自己是谁，在哪里，又到底是在做什么。

两个小仙童面面相觑，轻轻地，又怯怯地道："咦，帝座是要娶这只小红狐吗，那、那还给不给它搭个窝棚呢？"

【肆】

凤九揉着眼睛坐起来，感觉坐起来有点别扭，垂头一看，才发现自己竟是原身。她已经许久不曾用狐狸原身入睡了，一边觉着奇怪，一边摇身化作人形，下床趿着鞋走到窗前。

东天圆月高悬，圆月下紫雾绕仙山，碧海生鳞波，是熟悉的碧海苍灵的风景。

白日那两个小仙童喂凤九清心丸时，粗心大意地拿了烈酒当清水送药，酒和药一中和，她就睡得沉了些，此时醒过来脑子还是迷迷糊糊的，完全忘了她是顺着祖媞的法阵穿越时空来寻找她的儿子白滚滚的，还以为是一家人又来碧海苍灵小住。

凤九借着月光打量屋内一阵，倒是认得这是偏殿。

她怎么会睡在偏殿？

又一阵困意袭来，她拢着手打了个哈欠，也懒得再思考这个问题，趿着鞋穿过门口睡得死沉死沉的两个小仙童，熟门熟路地便向帝君的寝殿而去。

岁寒殿的殿门刚被推开，帝君就醒了。夜风微凉，自门口拂进来，撩起纱帐，送进来一缕女子的幽香。

帝君愣了愣。

睡到半夜碰到陌生女子来爬床，这种事，他数万年不曾经历过了。

数万年前，为了以魔族的血气养苍何剑，他曾搬去南荒住过一阵。魔族女子胆子大，又放纵，常来爬床自荐枕席，让人防不胜防，也烦不胜烦。彼时那些大胆的魔族姑娘总能弄开他住处的结界爬上他的床，是因那些结界不过随便一设——竹舍的结界设得太严了，血气进不来，便养不了苍何剑。所以那时候那些魔族女子能闯入他的竹舍也不稀奇。

可此时，他是在碧海苍灵，碧海苍灵的禁制和结界可不是闹着玩的，怎么可能还有什么女仙女妖女魔能够来夜闯他的寝殿呢？

想到这里，帝君突然顿住了。

呃，还真有一个能够。

被他安置去了偏殿的白滚滚他娘。

月光朦胧，纱帐一隔，只能瞧见女子一袭红衣，身姿纤丽，入殿走近的几步，即便姿态随意，也雅致而袅娜。

若是往常，他便该出手了，至少要结出结界，将女子摈于室外。但此时他却什么都没做，只是静静地看着那逐渐走近的身影。

他有点想知道她长什么样。

女子很快来到床前，眼看就要抬手撩开纱帐，却又轻轻啊了一声，她像是突然想起来这件事似的："得去换睡衣啊。"说着便轻车熟路地绕过玉床，向着里间的衣柜走去。接着那软软的声音再次响起："咦？我的睡衣呢，怎么全是帝君的？是这个柜子没错啊。啊算了，困，先穿他的好了。"然后便是一阵窸窸窣窣的脱衣穿衣声。

帝君坐了起来，手一拂，床尾一只贝壳慢悠悠打开，裸出一颗鸡子儿大的明珠，散发出温润的荧光来。荧光虽微，却足以盈满纱帐。

脚步声很快响起，纱帘下一刻便被挑开了。女子的模样在明珠的微光下无所遁形。帝君微微抬头，两人的视线便在半空中相会。

是一张精致得过分的脸，秀气，也含着稚气，看得出来还是个少女。秀发如云，披于身后，乌眉细长，杏眼水润，一管鼻梁又直又挺，檀口很小巧，唇色如同绯樱。便是帝君一向不将美色放在眼中，也不得不承认这张脸清丽得过分动人了。那额间不知是故意贴的花钿还是天生的胎记，小小一点艳丽的朱红色，如同合拢的凤翎一般，又为这份清丽增添了两分艳色，可谓点睛。

帝君觉得二十六万年后的自己眼光还是很不错的，只不过这个年龄差距……

少女却并没有察觉到帝君是在审视着她。她看着他的目光很清澈，也很自然，就像她穿着他的寝衣，站在床边同他对视，是她生命中已经做过无数次的日常一样。她不在意地抬手拢着那张樱桃小口打了个哈欠："帝君你还没有睡啊，你是在等我吗？"

帝君考虑着该如何来回答她这个问题，以及怎么才能客气地将她请出自己的寝殿，但还没有考虑好，她已经踢掉鞋子爬上了床，行云流水地钻进了他的怀中，自顾自嘟囔着："啊好困。"然后不到三个弹指，便呼吸均匀地睡了过去。

帝君一时不知该说什么，同时他也难得地不知道该做什么。但他也没有将她推出去。

帐中逐渐盈满了少女清甜的气息。

一炷香之后，帝君发现了一个问题。

白日她是头小狐狸时还不觉得，此时化作人形，又这样近地贴住他依偎在他的怀中，她的吐息清晰可闻。让他吃惊的是，除开少女花香一般的体香外，她的身体发肤，血脉深处，所散发的竟都是他的气息。白檀香幽幽，这根植于体髓的气息必然是靠他独有的赤金血才能养出。她应该喝了不少他的血。

那葱白一般纤润的手指轻轻握住了他的衣襟，套在她食指上的指环更是让他无法忽视。通体血红的琉璃戒，戒面托起一对凤翎，同她额间的胎记一模一样，朱红中带着一点灿若朝霞的赤金。他几乎一眼就认出那是带着他气泽的护体法器。法器非同一般，必然是以他的血肉所打造，才能拥有如此磅礴的他的仙泽，以及如此昭然的他的气息。

他不知二十六万年后的自己究竟是以何种心情珍护着身边这美丽的少女，才会将她照顾得让人一看便知她是他的一部分。他也终于明白了少女为何能畅行无碍地进入碧海苍灵。她周身都是他的气息，他的所有自然也是她的所有，只要是他起的结界，便是结界中最为高明的星光结界，那也未必拦得住她。

他想明白了这些，除了开初有点惊讶，倒也没有特别震惊，只觉不可思议，还有点茫然。

"啊，热。"紧紧挨着他的少女突然翻了个身，离开了他一些，又迷迷糊糊地扯了扯衣领。他的寝衣裹在她身上本就宽大，此时被她一扯，交领险险盖住酥胸，裸出锁骨与一大片雪白的肌肤。帝君看了一眼，移开了目光。

她在他身旁一会儿睡成个一字，一会儿睡成个人字，最后又滚进了他怀里。寝衣被她滚得不像样，帝君闭着眼帮她拢好衣襟。衣襟方才拢严实，她的右腿又不老实地搭上了他的腰。整条小腿就那么大咧咧地从雪白的寝衣中伸出来，搭在他的腰际。看她走路那样静雅，她这睡相却真是令他长了见识。

帝君虽然不近女色，但也没有什么男女大防的观念，捉住她的腿，就要将它从自己身上拿下来，那滑腻的手感却令他恍惚了一下，停了两息，他的手离开了她的腿。可能察觉到了他的触碰，她动了一下，自己将腿好好收了回去，可老实了没几个瞬息，两条手臂又圈了上来。

帝君沉默了片刻，将她推醒了："好好睡觉，不要乱动。"

被推醒的少女眼波蒙眬，还是迷迷糊糊的样子："可是不舒服。"

"哪里不舒服？"

"床有点硬。"

她睡得不舒服，又嫌东嫌西，其实正好可以让她去睡偏殿，但那一刻帝君确实忘记了还有这么一个选择，反而尽心尽力地帮她解决起床硬的难题来，仿佛对她有求必应才是这道题的唯一正解。他抬了抬手，床上便多了几床云被，他让她坐起来，将几床云被全垫在她身下，她躺上去试了试，眨了眨眼睛："好像又有点软。"

他点了点头，让她起来，又减了两床云被，让她再躺上去试一试："现在好了吗？"

她在被子上滚了两圈："好像还可以，但还要再试一会儿。"说着便又滚进了他的怀里。

他顿了一下："你不是嫌热吗？"

她整个小脑袋都窝在他的颈边："没有啊。"

"那是又冷了吗？"

她打了个小小的哈欠，闷闷地："不冷就不能抱着你了吗？"狐疑地抬头看他，"你是不是不喜欢我了？"

帝君难得地答不出这句话来。

她也不知道怎么搞的，眼泪当场就下来了。

从没有经历过这种阵仗的帝君僵住了："你……别哭。"

她泪眼蒙眬地看了他一会儿，突然扑哧一笑："骗你的。"

她坐了起来，有些得意地仰着小下巴："帝君，现在我的假哭是不是炉火纯青，把你也骗过去了？我可是练了好久！"

他也坐了起来。她骗了他，他非但不觉得她可气，反而觉得那眉眼生动明媚："你练这个做什么？"

"因为之前不是骗不了你吗？"她佯瞪着他，睁圆了一双杏眼，"你这个人，真的很坏，我假哭的时候一点不会心疼我，还让我哭大声点，说你最喜欢把别人弄哭了。"

假哭骗人还要别人心疼，别人不心疼就生气，这简直就是无理取闹，但说着这些话时，少女眉眼中的澄澈天真，也确实可爱动人。

她看着他："你为什么不说话了？"

他挑了挑眉："既然你假哭，我为什么要心疼你？"

她作势又瞪了他一眼，轻轻捶了他一下："你还不思悔改！"想了想，"那我以前技不如人，被你看穿，就算我自己不好吧，可我现在是凭真本事骗你心疼的，你说我厉害不厉害？"

他没有回答她这个稚气的问题，反而问她："你刚才说我坏，我对你很不好吗？"

"啊……这个，"她突然就害羞起来，低着头嗫嚅了一会儿，才小声地，"没有啊，你很好，我说你坏，不是说你真的坏，因为你就是很讨厌，经常戏弄人，但是你一直都很好。"

说完这些话，她依然很害羞的样子，却又鼓起了一点勇气，伸出手握住了他的手，然后将他的手放在脸颊旁蹭了蹭，是小狐狸亲近人的动作，接着，她绯红的唇亦在他的手背亲密地贴了一贴，这却不是小狐狸的动作了。他的手颤了颤，手背上的肌肤像是瞬间烧了起来。

她没有察觉到他的异样，又来圈他的脖子，手抬起来时宽大的衣袖滑下去，润如凝脂的手臂紧紧贴着他的脖颈，如兰的气息氤氲在耳畔，她的声音也是水雾熏蒸过似的软，低低地同他撒娇："我们不要说话了，我困了。"

"那就睡吧。"良久，他听见自己轻声回答她。声音听上去还算平静，但入耳总觉得不真。这个夜晚，原本便让他觉得有些不可捉摸似的不真。

陪着身边少女再次躺倒在云床上的帝君，许久之后，才定下神来。

看来，他的确是自愿娶了这女孩子。他们的感情也很好。

是个漂亮、狡黠、有点迷糊、很会撒娇的女孩，看着他时眼睛里有星星，神色里俱是崇拜。她带着一身他的气息，不顾他的意愿，肆无忌惮地闯入他的结界，熟稔地靠近他，拥抱他，说那些撒娇的话，将脸贴住他的手……他抬手按住了自己的心脏，方才它似乎漏跳了一拍。

他无法否认这女孩子的可爱。

他为什么娶她仿佛也不再是那么难解的一道题。

凤九醒来时看到近在咫尺的帝君的睡颜，习惯性地就想上去亲一亲，一边想着帝君不是已经去闭关了吗，还是我亲自将他送去的仰书阁，一边将头挨了过去。

眼看要挨到青年的唇了，她陡然反应了过来，一个激灵，立刻爬起来坐端正了。

是的，她的确将帝君送进了仰书阁闭关，然后她从太晨宫出来找滚滚，准备带他回青丘。结果元极宫的掌事仙娥天步匆匆而来，说连三殿下有急事相请。她跟着天步来到元极宫，才知道滚滚不小心闯入了祖娡神的闭关法阵，被送去了二十六万年前的洪荒时代。

祖娡神安慰她说所幸这倒不是什么大事，根据法阵光波传送滚滚的轨迹，可以推算出顶多四百四十九日后滚滚就能再穿回来。祖娡神大场面见得多，觉得这不是大事，但她可并不敢这么认为，忧心如焚地央祖娡也将自己送了过来。

术法确然成功了，她的确穿了过来，但她记得那法阵是将她送去了金镜湖旁边的，此刻她怎么会在帝君的床上？

她脑子里一片糨糊，昨夜之事略微闪过了几个片段，却使她一片糨糊的脑子更加混乱。正当此时，青年也醒过来了，坐起来静静地看着她。

凤九唯一知道的是，这是二十六万年前的帝君，他应该并不认识自己。她结结巴巴地试图解释："说、说出来你可能不信，我是你的帝后，是从二十六万年后穿越过来的，我主要是来找我儿子，也、也是你儿子，他不小心冲撞了祖娡神的法阵被送到这儿来了。如果你不信的话，"她硬着头皮，"我可以告诉你，你后腰下面有一颗……"

"我信。"帝君打断了她，"你要找的滚滚也在石宫里。"

滚滚平安令凤九松了一口气，但同时她也很吃惊："你这就信了吗？"她有点呆，"你怎么能这么轻信呢？"

帝君平静道："毕竟我后腰上的确有一颗痣。"

凤九觉得他真是太没有警惕心："那万一是我偷看你洗澡看来的呢？"

帝君很耐心："我觉得你可能并没有这个本事在偷看我沐浴后还能全身而退。"

凤九一想，这倒也是。"这倒也是。"她说，"不过也有可能我……"

帝君打断了她的话："你到底是想让我相信你还是不相信你？"

凤九卡了一下："当、当然是想要你相信的。"

帝君点了点头，从床上下来："我相信你，现在我就带你去见白滚滚。"他顿了一下，看不出来是什么情绪，像只是随口一问，"然后你就会立刻带着他回去，是吗？"

凤九摇了摇头："祖娡神说我们大概得在这里待上四百多天等机缘，等机缘到了才能回去。"

"哦，"帝君理了理衣袖，"还要待四百多天。"他看着她，"这四百多天你们打算怎么办？"

在同帝君说着话的过程中，昨夜的记忆碎片终于在脑海里一片一片拼完整了。

凤九轻轻啊了一声。站在她面前的这个帝君，看着倒是很疏冷淡然，如同天山之雪一般可望不可即。可在回笼的昨夜的记忆里，这看上去不好亲近的银发青年，却似乎并不是真的那么不好亲近呢。

是因为他早就知晓了她是他未来的妻子，故而才待她宽容，不仅容她同睡一榻，还管她睡得舒不舒服、安不安稳吗？

唔，帝君一向洞见万里，也是有这个可能。

不过算了，这些都不重要，重要的是，即使他同她还不熟悉，待她却依然纵容。这就已经够让人满足了。她很开心。

这是她原本并无可能见到的二十六万年前的、青年时代的帝君。欢悦和兴奋自心底蔓生。又听帝君问她未来四百多天打算怎么办。怎么办。嘿嘿。她没忍住心里的小恶魔，蓦地跳起来站到了床沿处，轻盈地一蹦便骑到了帝君的身上，双手圈住他的脖子，双腿夹住他的腰。

帝君像是蒙了，但还是本能地立刻伸出手搂住了她的腰以免她跌下去。

她挑着眉，笑眯眯地看着眼前秀色可餐的银发青年："打算怎么办，当然是打算吃帝君的穿帝君的还住帝君的，然后以身还债甜甜蜜蜜地和帝君度过这四百多天啦！"

帝君僵住了，神色一片空白，半天没有说话。

从前总是帝君戏弄她，何尝有她戏弄帝君还戏弄成功了的时候，她简直得意非常，本欲趁火打劫地再亲上一口看看帝君的反应，嘟起嘴来才发现不对劲，垂眸一望，不禁要当场骂街。

帝君居然将她变回了狐狸原身。

碧海苍灵的早餐桌上，滚滚看到娘亲很高兴，早饭都多吃了一碗。但是九九却似乎胃口不太好。

滚滚不禁担心，关怀地探问："九九你怎么不开心？是饭菜口味太清淡了吗？"煞有介事地点头，"我知道你是喜欢吃口味重一点点的。"

凤九摇了摇头："那倒没有，"在滚滚面前她一向坦荡，"就是今晨本打算亲一下你父君来着，结果他居然把我变成了一只狐狸，你说他是不是很过分？"

"哇喔。"滚滚很吃惊，咽下了口中的包子，"我听成玉，不，我听祖媞神说，这个就叫作不解风情了，"他意有所指地看了他父君一眼，"祖媞神还说，不解风情的男人是要注孤生的，是三生三世都讨不到媳妇儿的！"

帝君抬眸："我要是讨不到媳妇儿，那你又是怎么来的？"

滚滚一下子答不出来，凤九在一旁戳着馒头，小声帮腔滚滚："就算讨到了我，那你也会很快失去我的！"

帝君淡淡看了她一眼："我拥有你还不到一天，还没来得及习惯，失去了好像也没有什么。"

凤九："……"

滚滚："……"

母子俩面面相觑，都不知道该如何回答才能扳回一局，只好默默吃饭。

早饭后，凤九带着滚滚去仙山上放风筝。

滚滚是在凡间出生的小仙童，出生两百年都没见过父君，两百年后被九九带上九重天，才回到太晨宫认祖归宗。也是在那时候他才第一次见到他父君。但自滚滚见到父君的第一面以来，他父君对他娘亲便是呵护备至。可今日早餐桌上，父君居然说没有九九也没有什么，这让滚滚很是忧虑，不禁在私下里问凤九："我出生以前的父君，原来是这么难搞的吗？"

凤九躺在草丛里咬着根芦管轻轻叹气："是啊，他真的超级难搞。"又同他显摆，"但娘亲我居然把他搞定了，你说娘亲是不是很厉害？"

滚滚崇拜地点头，但依然为她感到忧虑："可现在父君对九九你有点冷淡，他要是不想和你好，九九你要怎么办？"

凤九老神在在："不怎么办，他管我们吃，管我们住就够了。"她笑眯眯的，"我就想看看年轻时候的你父君到底是什么样的，并不在乎现在的他会不会和我好，因为，反正我已经在最合适的时候，得到了最好的帝君了呀！"

滚滚似懂非懂，凤九笑着摸了摸他的头。

只是凤九这时候尚不明白，根本没有什么最合适的时间，最好的帝君，因为什么时候的帝君，都是最好的帝君。

不过很快她就会明白。

〔伍〕

碧海苍灵是个很神奇的地方。自十万年前石宫建成，整个碧海苍灵都被归入东华名下成为帝君私地以来，它便一直维持着那个模样。十万年来，桑田不知化了多少次沧海，连五族的疆界线都重新画了好几回，唯碧海苍灵中的一草一木、一亭一台，依然故我，纹丝不改。

碧海苍灵的掌事仙者霏微，有一阵十分羡慕他的同行——少绾神身边的掌事仙者奉行，因为奉行住在章尾山。少绾神爱布阵，也爱造园林景观，她的章尾山几乎每年都会翻新重修，几乎一年变一个样。霏微羡慕奉行能够年年住新居，羡慕得肝肠寸断，旁敲侧击地问过帝君好几次，碧海苍灵什么时候也可以旧貌换新颜一下，帝君很干脆地让他死了这条心，说他懒得费这个事。

碧海苍灵这天然去雕饰的空旷之景，霏微一看就是十万年，本以为这辈子都不可能见到它有更换格局的一天了，但神奇的事就这么发生了。他不过出门传个信，也就离开了四五天，回来一看，石宫右边那个帝君称之为花园，他称之为野树林的地方，竟然真的变成了一座世俗意义上的花园。

园中有姹紫嫣红的花圃，有曲折回环的游廊，有天工雕饰的假山，还有一片雅致秀美的小荷塘，比之他曾羡慕得要死要活的章尾山的花园竟也不差什么了。

霏微叫住了在花园中放风筝的白滚滚，请教小滚滚这是怎么回事。

小滚滚好为人师，风筝也不放了。"是这样的，"他为霏微解惑，"四日前，娘亲同父君聊天，说起原本在这里的那片林子。娘亲说她不喜欢那个林子，还是比较喜欢后来建在这块地盘上的她设计出的花园，说花园里有山有水，还有荷塘和菜园子，又实用又好看。"

他比画了一下："说着说着，娘亲就画了个图出来给父君看。父君看了，嫌弃娘亲没有品位，说那种普通的花园，怎么比得上他那片茂林的天然雅趣。然后他就把那片茂林给砍了，照娘亲的图做出了这个花园。"

霁微沉默了一会儿："小主人，您那个'然后'后面的内容，好像和前面的内容有点接不上……"

因为文章课上得不太好，所以分外在意文法的滚滚睁大了眼睛："啊真的吗？那怎么办，你要我重说吗？我、我该怎么重说？"

"那倒也不必。"霁微摸了摸滚滚的小脑袋，"这不是小主人您的问题，这是帝君的问题。"

帝君确实有点问题。

在霁微看来，帝君其实是个一成不变的神，甚至还有点乏味，因此一直很好伺候。

但最近，帝君却不是那么好伺候了。

比如说，帝君再也不是那个一道菜可以连续吃十年的帝君了。十万年来都没有进过厨房定过菜谱的帝君，最近没事就会问他下一顿打算做什么，还要和他讨论一下菜谱。他一个直男，哪里会做菜，从前都是清炒这个清炒那个，帝君也没有提出过异议，但最近帝君不仅要点菜了，他居然还对调料有所要求了。

再则，帝君在衣饰上品位虽然很高，但八荒四海正打着仗，大家能吃饱穿暖就不错了，衣饰上并没有什么所谓的潮流。因此他为了图方便，给帝君做起衣服来经常一做就是几百套，同一布料同一款式甚至同一颜色，帝君一穿百十年，也从不说什么。但最近，帝君却突然对稀罕的衣裳料子感起兴趣来，没事就督促他出门去搜罗，颜色材质花纹还给他规定得清清楚楚明明白白。

面对帝君的这些新变化，头七日，霁微的确摸不着头脑，还以为帝君撞邪了。

第八日，因两个小仙童吃多了果子闹肚子，他代替他们伺候了帝君和小白姑娘一顿午膳，本性聪明的霁微仙者就弄明白了帝君在吃食上突然变精细了的原因：其实帝君还是那个给什么吃什么的帝君，但小白姑娘是个精细的女孩子，精细的女孩子需要精细的呵护，不能随便让她给什么就吃什么。

第九日，在看到自己费尽心思找回来的稀罕料子穿在小白姑娘身上时，一点就通的霏微仙者又明白了帝君在衣料上也突然变挑剔了的原因：其实帝君还是那个给什么穿什么的帝君，但小白姑娘是个精细的女孩子，精细的女孩子需要精细的呵护，不能随便让她给什么就穿什么。

霏微观察了半个月。明面上看着，帝君对小白姑娘好像也就那样。譬如帝君说话爱噎人，可怕的是他对小白姑娘居然也一视同仁，因此经常让小白姑娘生气，气极了时一整日不理他都是有的。

霏微叹着气想，小白姑娘可能还以为帝君待她不好吧，可他却知帝君着实为小白姑娘做了不少事，待她可谓无微不至了。但天天被帝君噎得怀疑神生的小白姑娘懵懵懂懂的，哪知道帝君为她下了这许多功夫，还以为好吃好穿供着她，是他霏微这个掌事仙者做事周到。他哪里有这么周到。

对小白姑娘的这种误解，帝君好像也无所谓，还让他不要乱说话。帝君为何如此？让小白姑娘知道他待她体贴周到难道不好吗？莫非是帝君从没有追过女孩子，喜欢小白姑娘，但又万千心思藏于心中不知如何宣之于口，故此才有这样让人难懂的操作？

继续观察了他们一家子半个月，霏微觉得自己没猜错，毫无疑问他是个小机灵鬼了，但他也没有胆量去向帝君求证他到底是不是个小机灵鬼，有没有猜对他那不可琢磨的内心世界。

时间一晃，就过去了三个月。

这三个月里，天地发生了大事。

因着实无法将帝君请出碧海苍灵，神族的长老们一番商议，最后还是决定让后榛上神暂代神主之位。但他们也怕伏婴上神不服，挑起内斗，因此将整块北荒大地封给了伏婴神君，容他在彼处做个不受九天辖治的自在尊神。

长老们自觉如此处置也算周全了。伏婴虽也手握雄兵，但数量上并不能敌过后榛上神加整个长老团所掌之兵力，真要打起来，不一定有胜算。他们也不是没给他台阶下，已允他去北荒称霸了，识时务者当然应该接住这个台阶，总不至于非要挑起内斗，同他们作对，背水为之一战吧。

长老们考虑得其实不无道理，但不料伏婴是个干大事的，偏喜欢挑战难题。他倒的确是带着拥趸们去了北荒，但他一去到北荒便联络上了鬼族与妖族，对两族许以厚利，三派力量很快组成了一支联合大军，攻上了九重天，欲灭掉长老团，废掉后栀，使伏婴御极八荒，成为下一位神王。

后栀与长老团赶紧调兵遣将前去拒敌，两军对阵数日，在弋水僵持不下。神族人心惶惶，不知这一战将走向何方。

折颜上神为此又来了两趟碧海苍灵，不久，后栀上神也来到了碧海苍灵，再之后，长老团也陆陆续续来到了碧海苍灵。

后栀上神同整个长老团在碧海苍灵大门外等了整整七天，帝君才松了口，答应他们出山，暂代神主之位，统领神族大军，应战伏婴同鬼、妖二族的三族联军。

帝君忙起了大事，自然而然，同凤九和滚滚见面也就少了起来，原本一日三餐三人都会一起用，现在一日能一起用一餐就算不错了。

霏微原本以为小白姑娘会不习惯，没想到小白姑娘年纪小小倒是很懂事，知道帝君有正事忙，从不主动相扰，只在附近自己给自己找乐子，还玩得挺开心。

趁着帝君忙时，小白姑娘领着小滚滚将碧海苍灵周遭全逛完了，还抽空回了一趟青丘，远远看了几眼白止狐帝和凝裳狐后。这日又琢磨着要带滚滚去章尾山探险。

这件事，霏微自然要去请示帝君，因章尾山不像青丘，能容他们一日来回，章尾山同碧海苍灵相隔十万八千里，以他们的修为，没三四天根本回不来。

帝君正在书房中整理一卷阵法图，闻言抬头看他："她为什么想起来要去章尾山了？"

霏微老老实实回答："小白姑娘说他们那个时代的女子，没有一个不崇拜少绾神的，好不容易回到这个时代，她无论如何也要去瞻仰一下少绾神的故居。"

帝君沉吟了片刻，"哦，也好。"点了点头。

霏微觉得帝君可能是对小白姑娘远行不放心，当即表忠心："帝座放心，此行臣下必定会保护好小白姑娘，定让小白姑娘和小主人万无一失。"

帝君再次沉吟了片刻，然后他将阵法图卷了起来，很随意似的对他说："无妨，我在那儿有个会，正好和你们同路。"

老实的霂微信了。

由后桢上神主理的、原本为了迁就帝君而定在碧海苍灵召开的议事会，就这样被改去了十万八千里外的章尾山举行。

霂微也是在神众们纷纷跑来同他打听为何突然改地点时，方知帝君说的那个会，原来是这个会，帝君说的"正好"，哪里是什么正正好。

神众们一派虚心地同他打听这是为什么。他也不知该说什么，总不能说是因小白姑娘要去章尾山探险，帝君不放心，故而将议事会改去了章尾山吧，这很不利于帝君的英名啊。

霂微绞尽脑汁，硬着头皮作答："或许是为了纪念同少绾神的友情……"

神众们听后，居然信了，一片唏嘘："帝君真是重情重义！"纷纷抹着感动的泪走了。

霂微擦干脑门上的冷汗，觉得自己真是有急智。

凤九自然不知道这一茬，还以为那会果真那么巧开在章尾山，帝君果真那么巧和自己同路，一路高高兴兴地就随帝君去了章尾山。

帝君去开会了，她就领着滚滚漫山遍野地逛。逛完了回到住处，见霂微张罗着将她的行李往外搬送，一问之下，方知原是办差的仙仆们不知她的身份，以为她是碧海苍灵的仆婢，因此给她安排的是仆婢的住处。霂微正要将她的东西移到帝君院中。

凤九毕竟一代青丘女君，偶尔虑事还挺缜密，觉得此处毕竟不是碧海苍灵，如此未免太过招摇，必定要给帝君惹闲话，因此吩咐霂微只给自己在仆婢院中安排个单屋即可。又听帝君还在同人议事，深觉帝君劳累，又弄了个参茶劳霂微给他送过去。

霂微小心翼翼地捧着参茶离开了。凤九回到房中，将玩累了的滚滚哄睡，又归置了下行李，理着理着，突然想到帝君此行只带了霂微，霂微一来就围着自己和滚滚打转，恐还没有去为帝君收拾行李。

在太晨宫时，帝君若要去梵境赴几位佛陀的法会，一向都是她忙前忙后为他整理行装，帝君也很喜欢她如此。想到此处，她立刻决定去帝君院中瞧瞧，看看有没有什么需要自己收拾。

帝君的院子果然很大，她一路分花拂柳来到寝房前，然后在闭锁着的石门跟前顿住了。帝君的禁制和结界她一向畅行无阻，可这不是碧海苍灵，这里锁门不靠禁制或者结界，靠的是门锁。霏微不在身边，她根本打不开面前的石门，正觉棘手，忽听一声娇喝："你是何人，在此做甚？"

和气殿中，众神正在议事，却见梓笋公主风风火火闯了进来。

梓笋公主乃后桭神君唯一的女儿，深得后桭上神喜爱，因此一向骄纵惯了。

同擅战的伏婴上神不同，后桭上神不是个武神，论领兵打仗是敌不过伏婴上神，但他脑子好使。有传言说，七百年前墨渊上神起事之初，后桭上神就想把女儿嫁给墨渊，以期将自己一族和墨渊上神紧密捆绑在一起。这也是他很有脑子的一个表现。可惜梓笋一心恋慕东华，抵死不从。其实嫁给东华也可以，后桭好像也挺支持，奈何五百年后东华便归隐了。不过最近帝君出山，听说后桭上神的心思又活络了起来。

梓笋公主此次擅闯和气殿，焉知不是父女俩所做的一场旨在引起帝君注意的大戏？

在座议事的诸神皆是神精，谁也不想坏后桭上神的好事，故而不约而同地停了议论，眼观鼻鼻观心起来。

但这事其实和后桭上神一点关系也没有，他也很蒙圈，看着女儿闯进来，不由沉了脸色："诸位神尊正同帝座商议正事，岂容你在此胡闹，还不快下去！"

梓笋公主丝毫不畏惧："女儿要说的也是正事，且是需要帝君做主的正事！"说着一拍手，两个力壮的仙仆便押着一个手上绑缚了捆仙锁的女仙走了进来。

女仙乌鬓翠鬟，雪肤红衣，看着年纪不大，美貌却令人震惊。众神面面相觑，见尊位上方才还在漫不经心摩挲着镇纸的帝君也停下了动作，看着堂中。

凤九并不惧怕这个阵仗，她就是觉得丢脸。三万岁，真的太小了，即便是同辈神仙中的翘楚，但对战渺落后她失去的仙力一直没修回来，此种境况下，对战梓笋这种大了她差不多三轮的女神仙，她也真的是力有不逮。

她悄咪咪地掀起来一点眼帘，偷偷看了一眼帝君。帝君的目光也落在她身上，好像在看她手上的捆仙锁。

她丧丧地想，帝君一定觉得她很弱，很看不起她吧，越想越丧，将头垂得更低了。

梓笋冷冷看了眼凤九，面向东华，一派凛然："臣女见这女子在帝君寝房前鬼鬼祟祟，形迹可疑，上前问话，她居然说是您的贴身侍婢，所以才出现在那处。"梓笋轻嗤，"四海八荒谁人不知，帝君何曾会用什么貌美的贴身女婢，必然是伏婴派来的探子，所以臣女特捉了她来请帝君惩处！"

凤九不由得为自己辩驳："那、那就算贴身侍婢是我给自己贴金吧，可我真的是碧海苍灵的侍婢！"说着看了眼帝君，心想我已经聪明地给出了一个不会让小事变大的完美解释，帝君配合地点个头这事就能了结了，总不至于还能出什么幺蛾子。

不想帝君真的出了幺蛾子，他没有如她所愿地点头，反而看着她皱了皱眉："在我房前出现？你去那里干什么？"

梓笋愤愤："她必然是去探取什么机密！"

"我真没有，"凤九赶紧摇头，心中暗恨帝君的不配合，不禁再次强调了一下自己贴身侍女的身份，"因为我是个侍婢，职责就是伺候帝君，所以想说去给帝君整整行装……"

梓笋冷笑："那你怎么会进不去帝君的寝房？"

凤九哽住了："我……我没有钥匙……"

梓笋再次冷笑："贴身侍婢奉命为帝君整理行装，怎么会没有帝君寝房的钥匙？"

两人一时争执不下，在一旁静静看着她俩的帝君发出了一个灵魂疑问："她到底是不是我的贴身侍婢，靠你们在此辩论能辩出个什么？难道不是直接问我更容易？"

理，确实是这个理，梓笋怔了一下，反应了一下，神色一时很精彩，惊疑不定地看向东华："所以她的确是帝座您的贴身……"

帝君揉了揉额角："她不是。"

梓笋松了一口气，高声："那她就是个探子！"

帝君不耐地敲了敲手指："她是我夫人。"

凤九完全没想到他就这样随意且无所谓地说了出来，一时惊呆了。

众仙也呆了，只帝君还是八风不动，看向她和梓笋："没别的事你们就下去吧。"见她听话地转身欲去，又道，"小白等等。"说着从袖中取出一串钥匙，一看她手腕处还缚着那捆仙锁，皱了皱眉，捆仙锁瞬间化飞。

帝君将钥匙扔过来，凤九愣愣接住："这是……"

帝君像是不明白她为何能有如此弱智的疑问："你不是要帮我整理行装，但又没有钥匙？"

看她露出恍然的表情讷讷答："啊，是……"像又觉得她好笑似的，不容人察觉地抿了抿唇，声音也放缓了些："好了，下去吧。"又补充了一句，"以后别胡乱骗人。"

凤九看了一眼堂中石化的众仙，点了点头，接过钥匙就离开了。跨出和气殿时，听到帝君不耐烦地对着梓笋："你怎么还在这里？"

梓笋声带哭腔："帝君何时成的婚，为何臣女从没有听说过，那女仙她、她有什么好……"

帝君的反应是唤了一声后怅上神。

接着和气殿便传出了一阵窸窣之声。

凤九偷偷向后瞟了一眼，见仙仆们忙忙慌慌将哭哭啼啼的梓笋公主给架了出来。

凤九因祸得福，住进了帝君的寝房中。八卦似长了翅膀，一天不到便传得八荒皆知。

当天晚上，凤九正打着瞌睡等着帝君回房安寝，亥时过，帝君没等到，却等来了一位来爬床的魔族姑娘。

姑娘捂住凤九待叫人的嘴："哎别叫，别叫，我不是来爬床的，"姑娘解释，"我就是来看看八卦中的帝后长得什么样。"

凤九听闻姑娘的真正来意，不知怎么竟然有点失望。她听折颜上神说起过，在洪荒和远古时代，帝君是姑娘们共同的梦中情郎，魔族的姑娘最不矜持，热衷爬帝君的床，她从来没见过这种阵仗，还有点好奇。

自称津津的魔族姑娘放开凤九，从头到尾打量了一遍，不住点头："哎呀，原来竟是这样一位倾城佳人，我津津甘愿认输。"话罢自来熟地坐到床边，挨着凤九和她聊天，"不过帝座乃是个石头做的神仙，无情也无欲，不然我们魔族几代姑娘爬了几百年床，不至于一个也没爬成功，你是怎么办到的啊？"

凤九往后退了退，和津津拉开了一点距离："我没有爬床。"

津津一拍大腿，拍得挺重，凤九都替她疼，但津津不以为意："没说你爬床，你看，是这样的，我们只是想睡帝座而已，只是想睡睡他，都没有成功，但你居然让帝座他娶了你。这事的操作难度可比单纯地睡睡他大多了，所以我就好奇，你到底是怎么办到的啊？"

凤九对帝君为什么会喜欢自己其实也一直稀里糊涂的，从前只是心大，觉得管他为什么，帝君喜欢她，她简直赚大发了，追根究底没意义。此时被人问起，也有点含糊，不确定地和津津分享经验："可能因为我是个狐狸，去他身边当了几百年灵宠，后来他知道了，有点被打动，所以就和我试试了。"话罢想想，感觉这个理由还挺可信，说着说着连她自己都信了，拳头撞了撞手，挺肯定地向津津，"我猜应该就是这样的了，你是不是都有点被感动？"

津津没有被感动，津津给她简单地总结了下："就是说你追了帝君几百年都没有睡到他，但也没有放弃，还继续追他，因此打动了他？"津津一声惊叹，向她比了个大拇指，"几百年没睡到你还不放弃，那你真的很厉害，不愧是可以做帝后的人啊！"

凤九一时不知道该说什么，掩着嘴轻咳了咳："我们神族，不太在乎什么睡不睡的，我们还是比较在乎是不是能得到一个人的心，让对方真正喜欢自己。"

津津的思维比较清奇，什么都能跟睡不睡扯上关系，她一脸惊诧，又给凤九总结了下："所以你的意思是到现在了你还没睡上帝君吗？"自己把自己给说愣了，想了想，又一拍大腿，"那不对啊，不是说你俩连儿子都有了吗？"

凤九沉默了下："……睡是睡上了的。"

津津一脸果然如此的表情，又好奇地问："那帝君好睡吗？"

凤九瞪着津津："你问这个做什么？"

津津忙摆手："你不要误会我啊，我没别的意思，那不是因为八荒只有你睡过帝君，我就随便问问吗。"说到这里她顿了顿，慢慢皱起了眉，"该不会儿子什么的只是谣传，你是真的还没睡到帝君吧？"一脸同情地看着凤九，话音很唏嘘，"啊这也不怪你，毕竟帝君是个石头做的仙……"

这无疑激起了凤九的好胜心："我真的睡过。"她认真地向津津，"他还行。"

津津一脸怀疑。

凤九郑重:"真的,他还行。"

津津点了点头:"还行。"但她是个愣头青,就此打住是不可能的,她还继续追问,"还行是个什么意思啊?"

房门就在这时候被推开了,帝君一言不发地站在门口。凤九和津津面面相觑。

津津率先反应过来,一跳而起,赔着笑脸:"帝座别误会,我、我就住在隔壁山头,住得近,就过来和帝后聊聊天,我、我、我没有恶意。"看帝君向前一步,津津脸色雪白地退后,"我、我听说帝座从不打女人!"

帝君点了点头:"我不打,所以你是想自己出去,还是被我扔出去?"

津津选择了自己滚出去。

津津滚了出去,房中一时只有他们两人,凤九心里打鼓,不知方才和津津的对话帝君听到了多少。看帝君径直去了里间沐身,自己安慰自己,他可能什么都没听到。结果帝君擦着头发出来,第一句话就是:"我也想问,还行是什么意思?"

凤九正在铺被子,闻言一个趔趄,缓缓转身:"还是不问了吧……"

帝君坐在床对面的玉凳上,仍擦着头发:"所以,是不好的意思吗?"

凤九站在床边,觉得自己不应该在这里,应该在床底,结结巴巴:"没、没有不好,你、你不要担心。"

帝君将棉帕放了下来:"我的确有点担心,所以到底是什么意思?"

凤九低着头,半捂住了脸:"是……是好的意思,"有点凶地抬了一下头,"是好的意思总行了吧。"话罢却又捂住了脸。

帝君站起来,走了过来,坐在床边,将她也拉了下来与他相对而坐,像谈论什么绝顶要紧的正经事一样看着她,认真发问:"那你为什么不直接告诉她我很好?"

这题该怎么答,凤九觉得自己要死了,她面红如血地在那儿坐了半天,想着怎么回答才能让帝君闭嘴。片刻后,她开了口:"因为我能够拥有这么棒的你,已经很招人恨了,要是她们再知道你……还那么棒,不是会更恨我吗,还是低调一点吧?"

帝君看了她一阵:"也对。"果然闭嘴了。

两人一时无话，就此安寝。

等到凤九呼吸均匀，沉入睡乡，帝君缓缓睁开了眼睛，看着少女脸上依然未曾褪去的红晕，露出了一点捉弄人的微笑。

青年凝视着臂中的少女，许久，在她的额头上轻轻印下了一吻。

窗外圆月高悬，皎洁流淌的月光，忠实地记录下了此刻。

[陆]

这是七个月后。

碧海苍灵中，霁微同凤九提及帝君于水沼泽求学时的往事，说到了父神亲自传授的阵法课。

两军对战，排兵布阵至关重要，布阵得法，便能克制敌人，出奇制胜。说那时候阵法课学得最好的是墨渊和东华。两人结业时各有代表作。东华的代表作忘了起名字，父神看了，给起了个名字叫作乾元。乾元，乃是天道伊始的意思。父神的意思是，这个阵法，将天道伊始的种种道理都涵在了其中，然后提取其最为无情残酷的部分，制成了一部可利落克化目前为止天下所有阵法的大阵，霸道如斯，当得上乾元之称。但又因其残酷霸道，图成之日，父神看过后便将其永久封印了，说此阵若出，不利苍生。

不过父神还是给这部结业作打了个高分，但也没有墨渊神的阵法图得分高。墨渊神看过两部阵法图，觉得其实东华的更妙一筹，问父神为何反而东华得分比他低，父神表示因为东华忘了给阵法起名字，失去了一个很重要的得分点。

从此以后帝君倒的确从不会忘记给自己的东西起名字了。真是多谢了父神。

凤九听到此处，提出了不同见解，说自己在太晨宫里做灵宠时，帝君就没有给她起名字，只叫她小狐狸。霁微说哦，因为在帝座看来，小狐狸就是给您起的名字，所以您是有名字的，没准他还觉得这个名字起得很可爱，私心里颇为得意呢。

言归正传，霁微表示和凤九提起这些，并非只是闲谈，因了解乾元阵的由来，她才能了解目前的局势；了解了目前的局势，她即使被勒令待在碧海苍灵不得外出，那也不至于对帝君有太多无谓的担心。

目前的局势就是，七个月前章尾山的议事会后，帝君便回到了九重天，重开了太晨宫，接替了神主之位。执掌象征八荒最高权柄的昼度树权杖后，帝君解除了父神对乾元阵的封印，祭出阵法来，率神族数百万之军，不到半年，便将伏婴上神所率领的三族联军逼回了北荒。

伏婴退回北荒后，抽取了北荒的养地之气建起了一座将整个北荒都笼入了其中的结界，领军退入结界，闭守不出。结界乃北荒地气所建，若是强攻，结界一破，地气被毁，整块北荒亦会化为乌有，伏婴这是赌神族无法失去北荒的广袤土地。神族果然不敢如此，屯兵于结界之外的颉水河畔。

战事如此紧凑，凤九也有半年没见过帝君了，还在想着眼看这场战争一时半会儿也结束不了，不知什么时候能再见到帝君。结果同霏微的那场对话结束后的第七日，便有两位神将来到碧海苍灵，说是奉帝座之命，请她前去颉水一聚。

到得颉水，天已入夜。凤九想象中，两军对峙，此地必定该是紧张肃杀的氛围，谁知竟是一片休养生息之态。颉水之东，营帐万顶，中间的一圈营帐悬灯结彩，瞧着很是喜庆，一问才知今日有将领成亲。

凤九大感吃惊，好奇地询问霏微："战场之上居然还可以成亲？"

霏微也很吃惊："小白姑娘所在的那个时代，难道竟还有如此严苛的规矩，不允许神将们在战场上成婚？"他真心实意地向她求教，"可八荒一旦有战事起，两军对峙起来，常常一对峙就是几百年，有时候甚至上千年，反正大家也没有事，让神将们成个亲都不许，这是不是太残忍了？"

小白姑娘所在的时代是个承平盛世，根本没有什么战场，关于战争的所有知识，她都是在学堂中习得。可夫子讲洪荒远古的战争，主要也是讲神将们如何排兵布阵、兵行诡道，并不讲对峙的闲暇时刻里怎么保障将士们的福祉。

这是小白姑娘的知识盲区。小白姑娘愣了会儿答不上来。最后她摸了摸额头，有点腼腆地笑了一下："可能真的是我少见多怪。"

二人正说着话，霏微看到帝君的身影出现在河岸上，正向此处而来，忙识趣地退下了，临走之时还向凤九使了个眼色。

被霏微一提点，凤九抬眸望去。颉水婉转而流，因天寒之故，河上浮着一层蒙蒙的雾色，明月倒映其间，现出一个似有若无的浮影。紫衣银发的神尊身浴银月流光，于迷蒙雾色之间向自己走来，就像是一个梦。

不远处便是热闹的营地，其间燃着巨大的篝火，将士们围着篝火歌舞作乐，闹着正中应是新郎新娘的一对红装男女。然随着银发青年走近，凤九觉得，那些存在感十足的欢闹之声似乎尽皆远去了，洪荒大地，唯留一片清寂，和自己怦怦怦的心跳声。

虽然和帝君在一起的时间也不算短了，但无论何时，只要他一个身影，就能使自己心如鹿撞，不费吹灰之力地回忆起最初之时喜欢上他的感觉。追逐他的那几千年，真的很难，但无论多么艰难，她却始终无法真正放下他，想必这就是原因吧。

凤九怔怔地望着青年越来越近的身影，她当然明白，等在原地让帝君主动走近她，方显得她矜持。但她坚持了不到三个弹指就坚持不下去了，一边在心里想，哼，都怪他走这么慢，一边飞也似的向青年奔了过去。

她这时候却不像是个小狐狸了，倒像是一只鸟，又像是一只蝶，甜蜜而又轻快地扑进青年的怀中，顺手便圈住了青年的脖子，仰着头，眼中含着动人的光，半真半假地抱怨："你怎么走得那么慢！"

青年没有回答她的抱怨，反而垂眸打量她："你呢？怎么这么爱投怀送抱？"

她眉眼弯弯："让你占便宜还不好？"

他挑眉："到底是你占便宜，还是我占便宜？"

这，的确是个问题，有点把凤九给问倒了，不过她转念一想：二十六万年前的帝君，虽然还不是她的夫君，但反正最后他都会成为她的夫君，那她提前占点便宜怎么了？只要他不推开她，她就还敢占他便宜。因此佯瞪了他一眼："好吧是我占便宜。"吐了吐舌，"我就占。"故意同青年作对似的，踮起脚尖来整个人都贴到了他身上，还哼了一声，"哼，我就占。"

她几乎整个人都挂在了帝君身上,帝君还要扶住她的腰,担心她挂得不稳,也是很费心。

近处走来两个愣愣的小士兵,不经意撞见帝座帝后在此,立刻退了两步,赶紧回避,但又好奇地走边悄悄回头看他们。

被小兵们一看,凤九迟来的羞耻心发作,突然就有点不好意思,退后一步,嘴里嘟囔:"你们这里怎么人来人往啊,我们找个没人的地方去。"说着便向河畔的芦苇荡走去。

芦苇荡旁正巧卧了块巨石,两人在巨石上坐了下来。刚坐下来,少女便偎了过来。帝君发现,两人独处时,她是真的很黏他。

少女偎在他的身边,抱住他的手臂,微微仰头,那双杏子般的眼充满了好奇,眸光闪烁,像落了星星:"之前你都不许我来这里的,为什么现在又许我过来了?"

他垂眸看她:"你不是想看看如今的战场是什么样?之前太危险,最近比较平静,还有将士成婚,也热闹,我想你多半会喜欢。"

"啊,这样吗。"得到了答案,她转头望向远处围着篝火作乐的人群,模样看起来是高兴的,"嗯,我真的很喜欢。"说完这句话,却又像是想到了什么,脸上的笑容突然滞了滞。

他敏锐地察觉到了她的变化,出声问她:"怎么了?"

半晌,她才开口,有点歆羡,又有点落寞:"就是觉得他们能这样成婚,可真好啊,同祭天地之后一起开心地庆祝,接受大家的祝福,真羡慕。"

他观察着她的表情,微微皱了眉头:"为什么羡慕他们?"顿了一顿,"我们的婚礼,难道不比他们的更加盛大?"

就见她静了一会儿:"的确是很盛大啦,碧海苍灵打扮得可漂亮了,神族们也尽皆到贺。"她咬了咬嘴唇,"就是成亲那日,帝君你没出现。"

他愣住了:"什么?"

她忽然生气:"也不是你的错啦。"说着不是他的错,却在生气,也不知是在生谁的气,"就是你去救人,然后救完人回来,又遇到了一件危及苍生的大事需处理,你就错过了我们的成亲礼。我等了你好久,你都没回来。我的礼服做得很漂亮的,我特别想要穿它,可是最后也没有穿成。但也不是你的错啦,是造化弄人了。"说完有点老成地叹了口气。那样青春美丽的一张脸,却那样老成地叹气,看起来有点好笑,却又让人笑不出来,反而感到心酸。

他静了许久:"后来我没有补偿你吗?"

她故作轻松地耸了耸肩:"你倒是说过要补偿,可成亲那时候你虽然不在,重霖也把一切都安排得挺好,婚事也录入了女娲的婚媒簿子,所以按理说我们的确是成过亲了。"她说得头头是道,看上去是真的考虑了许多,"虽说婚礼中出了种种问题,但八荒诸神也都知道我们已经成过亲了,再成一次,不是很奇怪吗,所以我拒绝了。"

他看着她的眼睛:"你是真心拒绝的?"

"嗯,"她闷闷地,"虽然……"又咬了咬唇,"但就是很奇怪,所以还是不要了。"又自我安慰似的更紧地抱住了他的手臂,"其实我能够和帝君在一起,已经很满足了,也并不是真的很遗憾我们的成亲礼没有那么完美。"

美丽、慧黠,有时候会有点呆呆的,但无论什么时候,都懂事得让人心疼,这就是他在既定的命途中,要到很晚很晚的时候,才会碰到的与他执手的女子。他的心轻轻颤了颤,不由得抬手摸了摸她的额头。

说了许久的话,她像是将自己说累了,轻轻打了个哈欠,用那种毫无防备的软软鼻音同他撒娇:"帝君,我困了。"

他再次抚了抚她的额头:"那就躺在我腿上睡一会儿。"

她半睁开眼睛,坐正了:"睡你腿上吗?"像觉得不可思议似的,有点呆,"帝君今日怎么这么好说话……"

什么叫今日这么好说话,他哪一日不好说话了?此前在碧海苍灵,不是容她夜夜与自己同床共枕?她睡没个睡相总是往自己怀里钻,他又有哪一夜将她推开过?只是没心肠的小狐狸,睡醒总是把一切都忘了。

他没有回答她,趁着她发呆,伸手便将她抱了过来,摆弄着她躺倒,使她整个人都窝进他怀里。又自知她娇柔,认床又认被窝,还凭空化出一床云被将她裹住了。做完这一切,他抬手在她眼眸上抚了抚:"这样躺着就舒服了,对吧?"

感觉到她的睫毛软软扫过他掌心,是在很轻地点头,他叹了口气:"那就睡吧。"

她却窸窸窣窣地从云被中伸出一只手来,拉住他的衣袖,小声问他:"那你会在吧?"

他垂眸看着她,伸手反握住了那只手,放在唇边贴了贴:"嗯,我一直在。"

银月澄辉,洪荒孤寂,若有情人,纵隔天涯,亦能相许。

柒

两军对垒,指的是两军相持。两军相持,天平稍有倾斜,战事便有可能爆发。颉水照理说依然是个危险之地,故而凤九在此待了三日,便被送回了碧海苍灵。

帝座已有帝后这事,此前虽在八荒传得沸沸扬扬,但神族泰半没有见过传说中的帝后,许多人仍是将信将疑。凤九来颉水一趟,却是坐实了这个传闻。神将中不乏女将,男将们只对此事感到震惊,女将们却在震惊之余,各自黯然神伤。

不过这些凤九全然不知,同帝君约好了若下月战场无事,便带着滚滚一起来看他,离别之时虽然依依不舍,但也没太表现出来,懂事地随着霏微回到了碧海苍灵。

回到碧海苍灵没几日,却发生了一件令人头疼之事。

大概是第七日清晨,碧海苍灵迎来了一行客人。帝君不在之时,亦能令霏微迎入碧海苍灵之人,自然并非等闲。乃是灵鹤一族的族长及其妻女。

霏微解释,帝君为天地清气所化,是个无父无母的孤儿,刚自碧海苍灵化生之时,灵气微弱,差点被虎狼分食,幸被当日路过的灵鹤夫妇所救。灵鹤夫妇看帝君可怜,将他领回自己的地界上照看了许多年,对帝君有施饭之恩。所以帝君性子虽然淡漠,也实在不爱管闲事,但这十来万年,却对灵鹤夫妇一直很尊重,对灵鹤一族也差不多是有求必应。

当是时,凤九和小滚滚一起在会客厅外不远处的小阁子里听霏微说起这段往事。两人都是学过洪荒史的人,面面相觑,小滚滚率先举起了手:"灵鹤夫妇,是不是就是知鹤公主的双亲?"

此时知鹤还没生出来,霏微都不知道她是谁,自然没法回答这个问题,不过凤九凝重地点了点头:"嗯,应该是。"

的确是知鹤公主的双亲。

洪荒史未曾记载的是，这对夫妇除了在临羽化之前生下了知鹤，早年还曾养了个大女儿，唤作初漪。初漪神女名字起得温婉，人也生得娴静。灵鹤夫妇觉着，东华看着冷面冷心，不结尘缘，但天之骄子，出于其类，拔乎其萃，也不可能不将这优秀的血脉传下去，他终归还是要娶妻的。反正八荒里旁的女子也挨不着东华的边，比之她们，初漪同他倒是更有情分，时机合适了，由他们夫妇出面，主动同东华提亲，料想他也不会不答应。东华娶了初漪，便自然会同灵鹤一族一体，若他们夫妇羽化，不止初漪有了倚仗，那灵鹤一族也有了托付之处。

在灵鹤夫妇的打算中，此桩大事原本是可以徐徐筹谋，缓缓行之的，谁能料到半路上碧海苍灵中突然就杀出来了个女主人。灵鹤夫妇慌了神，故此赶紧将女儿带了来逼婚。

二人的确揣着以恩逼婚之意而来，但毕竟那神姿高彻的银发青年已不再是当年需灵鹤族施舍饭食方能存活下去的小孤儿，对方如今已是八荒的神主，二人也不敢将心思亮得太直白。夫妇俩只在碧海苍灵逗留了一日，便借故有事先行了，只将初漪神女留在了碧海苍灵，同时还留了一封信给帝君。

信中大意说初漪爱慕帝君，一意相嫁，他们夫妇俩虽知他已有妻，但初漪不介意做一个平妻，同那白姑娘共侍一夫；且他们也听白姑娘说起自己是个孤女，既是孤女，必无家世所累规矩所缚，想必也不在乎这些。请帝君看在当年对他有抚育之恩的情面上，成全初漪，也成全他们一对老夫妻。云云。

信，凤九是没看着，但她问了霖微。霖微当然也不敢拆信，但谁叫他是个小机灵鬼，察言观色臻入化境，听凤九问起，也不敢瞒什么，老老实实地表示以他对灵鹤夫妇多年来的了解，他猜测他们应该是想让初漪神女来碧海苍灵做帝君的平妻。

小滚滚起初并不知平妻是个什么意思，无知儿童欢乐多，并不觉得生气，待霖微贴心地给他解释了下平妻就是初漪也想给他当娘的意思，滚滚当场就炸了。

凤九却老神在在，劝滚滚不要慌。"不要慌，"她淡定道，"新神纪之后的第一个时代,是远古时代,你慌,是因为你的史学课还没学到远古史。要知道,有关远古时代,无论正史还是野史都没有提过你父君还有这么一段花边姻缘,可见此事成不了。"

"真的吗?"滚滚将信将疑,"九九你不会是骗我的吧?"

凤九深沉地看了一眼滚滚:"嗯,没有骗你,因为知识,是从不会骗人的。"

霏微:"……"

初漪神女就这样留在了碧海苍灵。一个黄花大闺女,无缘无故留在碧海苍灵,传出去毕竟不好听。但霏微也不敢做主将神女给赶出去,只好带着灵鹤夫妇的信紧赶慢赶前去颉水请示帝君。

结果请示完一回来,发现初漪神女不见了,凤九也不见了。

小滚滚又在花园里放风筝,见霏微来找自己,熟练地收了风筝:"是这样的,"他解释,"霏微哥哥你走之后,九九她遇到过初漪神女两次,看神女愁眉不展,就问她是不是有什么心事。神女居然真的有心事!"

滚滚一脸同情:"她说她其实已经有了心上人,并无意留在碧海苍灵破坏或者加入我们的大家庭。但她的心上人并非生于大族,她父母看不上,就拆散了他们,她正是为此而苦恼。九九听了很吃惊,说在这个时代,难得碰上一个居然不喜欢父君的姑娘,真是值得人钦佩的世间奇女子,就打开碧海苍灵,将神女放了出去,帮她和她心上人远走高飞了。"

霏微不解的是:"初漪神女远走高飞就远走高飞吧,倒也罢了,可帝后怎么也不见了呢?"

小滚滚继续解释:"初漪神女出门就撞上了痴痴等在门口的心上人,两人相见,抱头痛哭,准备立刻成亲。但是他们成亲还缺一个证婚人,九九心善,帮人帮到底,就陪他们一起远走,去给他们当证婚人了!"

滚滚摇头晃脑地讲完,用了一个四字成语总结:"很是可歌可泣!"

霏微也来不及夸奖滚滚最近文法越来越好,听说帝后送佛送到西居然陪着初漪一起远走了,当即双腿一软,也忘了问滚滚知不知他们此刻在何处,赶紧着了个小仙童去给帝君报信,自己则急急忙忙追出了门,徒留滚滚拽着风筝线傻眼:"怎么都没有人问我九九在哪里就去找她了?"

想了片刻,他点头自言自语:"或许是因为他们已经推算到了九九在外祖的温源谷里了吧。"满心叹服,"那霏微哥哥还真是厉害。"

说着重新无忧无虑地放起了风筝。

霏微哥哥并没有很厉害。

霏微没头苍蝇似的乱撞,寻了两日一无所获,倒是帝君一路找来,顺着凤九身上那半心戒的气息,领着他在东荒的温源谷里找到了人。

寻到人时,帝后她小人家正醉醺醺地闹着初漓神女和她心上人的洞房花烛夜。

帝后她站在初漓面前,一副过来人的模样攀住初漓的肩,语重心长:"真的,你不要难过,成亲夜没有亲人到贺又有什么,起码新郎还是在的。"她诚恳地,"这个世界上,还有那种很可怜的新娘子,成亲的时候,新郎都不在的,和那种新娘子比起来,你已经很幸福了!"

初漓勉强一笑,正要说话,突然脸色发白。凤九好奇,顺着初漓的目光回头一看,打了个哆嗦,她僵了一下,转过头去继续看着初漓:"但是如果那种新娘子的夫君,是为了拯救苍生才没有在婚礼上出现的,那、那个新娘子也是不可怜的,毕、毕竟嫁了个可以拯救苍生的夫君呢!真的好幸运!"

说完这一席话,她作势捧住自己的头:"啊,我有点晕,我要睡了。"话罢立刻就倒了下去,还记得不能倒在别人的婚床上,硬生生朝冰凉的泥地上歪去。即将同泥地亲密接触之时,被一双结实的臂弯捞住了。她悄咪咪睁开了一点眼帘,觑见帝君正面无表情看着自己,赶紧又闭上了眼睛。

坐在婚床上的初漓看到帝君出现,吓得花容失色,生怕这位向来不近人情的义兄要棒打鸳鸯,将她带回去移交给父母惩戒,不禁双眼盈泪。新郎官虽在实力上同帝君相差悬殊,但也是条汉子,壮起胆子来挡在了初漓身前。

帝君抱起凤九,看了他们一眼:"你们……"

一对新人如临大敌地瞪着帝君。

帝君淡淡:"被小白闹得还没有洞房吧?"

如临大敌的两位新人愣了愣,点了点头。

帝君嗯了一声:"那抓紧时间。"斟酌了一下用词,"毕竟良宵一刻值千金。"

说出"良宵一刻值千金"的帝君,让初漓瞪圆了眼睛,觉得要么是他撞邪了,要么就是自己撞邪了。

帝君并不以为意，单手抱着凤九，另一只手里化出了一瓶丹药，放在了二人喜床前："这瓶丹药可以助两位早生贵子。"想了想，拍了拍新郎的肩，"不要让本君失望。"然后抱着凤九离开了新房。

不要让帝君失望，失望什么？一对新人面面相觑。

霏微留在最后，提点二人，为他们讲解帝君的深意："帝座丹药都为你俩备好了，二位赶紧洞房，生了贵子，米成了饭木做了舟，灵鹤尊者自然再不能棒打鸳鸯拆散你们，也不会再去烦帝君，岂不是两全其美皆大欢喜？"

一对新人恍然大悟，面红耳赤之际，内心又很是复杂，感觉对传闻中一向不沾红尘的帝君，有了一点新的认识呢。

凤九醒来之时，是在颉水旁帝君的寝帐之中。

她人还有点糊涂，躺着想了半天，想起来昨夜她是在温源谷为初漪和她心上人证婚来着。看着初漪和她心上人两情相悦，成亲礼上执手同拜天地，她有点羡慕，羡慕着羡慕着，就喝得有点多，然后和初漪说了会儿话，接着……接着好像……帝君就来了？

凤九一个激灵，猛地坐了起来，略略一扫，发现这好像的确是帝君的大帐。又定神一看，发现营帐中的设置似乎同上次来时不大相同。譬如她所睡之处原本该是顶素帷，此时却是顶青帐，纱帐外也不再是明珠照明，依稀看去，却仿佛是红灯和高烛相映生辉，除此之外，大帐中还悬了丝光莹润的彩绸。

凤九盘坐在毡毯之上皱眉思索，不对啊，这高烛青帐、红灯彩绸，好像是成亲才用的东西吧？这么想着，抬手撩开纱帐，打算确认一番，正巧碰上帝君也抬帘入帐。凤九静了一下，帝君很自然地走过来碰了碰她的额头："醒了，头还疼吗？"

她稀里糊涂地摇了摇头。

帝君的手指在她的额角处停了停，又揉了揉："看来那醒酒丹还有点用。"说着折身去了一旁的木屏风后，一阵换衣声窸窣传来。

凤九仍在云里雾中，隔着屏风问帝君："营地上是不是又要办婚礼啊？"

帝君嗯了一声。

凤九不大清醒地咦了一声："那今天又是谁的婚礼啊？"

屏风后的换衣声停了一下："你的。"

凤九没反应过来:"我的? 我和谁的?"

帝君从屏风后走了出来,一身华服,垂头整理着衣袖:"除了我,你还想和谁举行婚礼?"

凤九愣住了,惊呆了:"是、是我们俩?"

她猛地明白了过来,这是帝君要为她补办成亲礼,也猛地想了起来,昨夜帝君来到温源谷中那座新房时,自己正同初漪说着什么。帝君一定是听到了那些话,以为她是在同他要求什么,故而才……

她赶紧坐正了解释:"我、我没有想要你给我补办成亲礼,我说羡慕他们,只是随便说说而已。"她绞尽脑汁,磕磕巴巴,"那时候我们的成亲礼你不在,我、我虽然有遗憾,但那只是因为我是个小姑娘嘛,小姑娘都是这样的,就会不懂事啊。可我真的没有在怪你,也不想铺张浪费给大家添麻烦,我没有那么任性的!"

帝君走过来坐在了她身边,将她因为紧张而攥紧了的拳头握在手心,使她平静下来:"你没有不懂事,也没有任性。"他看着她,"准备这场成亲礼,不是因为你和我要求了什么,只是因为我想给你。"

他们挨得那么近,又是独处,少女破天荒第一次没有亲密地偎上来,只是静静地坐在那儿,像是在发呆。过了一会儿,眼圈一点一点红了,偏头带着哭腔问他:"帝君……我……我明明很开心,可为什么却想哭……"

她的眼是很标准的杏眼,眼裂宽,眦角钝圆,因此显得眼睛特别大,笑起来和哭起来时,都格外清纯生动。

他抬手欲为她抚泪,却被她抓住了手腕。她抓住他的手,微微偏头,用脸颊挨了挨他的手背,而后那樱花般的唇轻柔地贴住了他的掌心。

他由得她如此,眼眸深深,一瞬不瞬地静静看着她,然后在她黏够了他、从他掌心里抬起头来时,伸手握住了那小巧白皙的下巴。

她迷茫地望着他,眼眸中含着水光,像有些惊讶,不自觉地微微张着口。

他凝视着她的眼,目光下移,拇指抚过她的下唇,微有些用力,那粉色的唇变得丰盈艳丽起来,像开得极艳的一朵花。

他倾身吻了上去。

她的眼睛蓦然睁大,双手不自禁地握紧了他的衣袖。近处的彩灯噼啪一声,爆出了一个灯花,但谁都没有在意。

他辗转吻着那红唇,而她在那温柔的轻吻中,慢慢闭上了眼睛。

吉时将至。

神族数百万将士持斧钺、衣甲胄,列于颉水之东,恭迎帝座帝后出帐。东天三声号角响过,浩浩长河之侧雷鼓齐鸣,渊渊鼓声中,银发的神尊偕着他美丽的妻子一同走出营帐。两人皆着紫袍——是三足乌所栖的那棵扶桑树上的金银蚕所吐之丝制成的锦袍,以金、银、玛瑙、琉璃、砗磲、珊瑚、赤珠七宝装饰,华丽庄严,不可逼视。

二人足下,乃一条绵长的云道步阶,直通向建在颉水旁的一座高台。那高台极为阔大,乃一整块碧玉,碧玉中生长出了一棵巨大的天树,树干高高刺入云中,树冠可谓浩瀚,几乎覆盖住了半个颉水战场。

凤九抬头,用力去看,分辨出了天树羽毛般的叶子和珊瑚般的红色花盏,低声惊呼:"这不是生在三十三天的天树之王昼度树吗?"

帝君亦远望着那天树:"听你说,二十六万年后神族成婚,需在女娲处将二人之名录入婚媒簿子。但如今女娲所领的并非这份差事,神族之婚也并无这个规矩,故而此项是做不到了。"他收回视线,看向她,"八荒之中,有灵之物,唯三十三天的天树之王昼度树可代天地承受住神王之祭,因此三年前墨渊封神时所封的礼官拟定了礼制,规定神王的婚礼,需祭昼度树,而后昼度树降下神冠,代天地认可神后的权柄。"

凤九仿佛在上一堂历史课:"夫子居然没提起过······可我记得后来每一代天君的婚礼,也都没有祭拜昼度树啊。"

帝君看着她困惑的眼,笑了笑,摸了摸她的头:"那可能是因为你所谓的那几代天君都并非神王。"握住她的手向那高台而去,"走吧,去看看它为你准备了怎样的神冠。"

随着他们向天树走近,数百万将士如海浪一般次第而跪,"恭迎帝座,恭迎帝后"之声震彻北荒,绵延不绝。

红日自天边升起,九天之上忽传来钟鸣之音,正是宣示吉时之声。随着那幽幽钟鸣渐响渐远,曼陀罗、曼殊沙、金婆罗、婆师迦、俱苏摩、芬陀利等妙花次第降下,顷刻之间,八荒大地俱沐浴在漫天花雨之中。

帝君偕着凤九踏上玉台,领着她在玉台上代表天地的天树之王面前站定，手中化出金色的昼度树杈杖来，平举过头。台下所跪的数百万将士亦整齐划一地执起武器，平举过头，执祭礼。甲胄撞击之声齐整如一，响彻颉水之东，其庄重威严，令人震骇。

凤九虽也见过许多大世面，但着实未曾经历过如此场面，被这端严的氛围感染，一颗心不禁怦怦直跳。她悄悄按住怦怦乱跳的心房，听帝君当着八荒诸神的面，一字一句向着天树："青丘有女，白氏凤九，轻灵慧黠，雅自天成，深得吾心……"

然就在此时，高台旁悠悠而流的颉水忽然掀起了万丈巨浪，滔天巨浪后，可怕的轰隆声自地底传来，在那裂地之声中，一水之隔似一个大黑罩子笼住整个北荒的地气结界忽然打开，现出其后密密麻麻的军队来。

凤九脑子里嗡了一声，立刻便反应了过来：是伏婴上神趁着帝君娶亲这个神族放松警惕的时机，出兵了。她用力握住了东华的手，有些慌张："帝君！"

那列阵于一河之外的伏婴上神的三族联军，粗看竟有百万之众；而紧依着颉水，横在军队之前的先锋部队，居然是由数千庞大狰狞的妖兽组成。

妖兽丛聚，向天而啸，啸声慑人。

玉台之下，神族众将士亦反应迅速，立刻列队就位。

凤九反手抓住帝君，便要拉着他退下高台，却被帝君止住了。"别怕。"他低声，苍何剑化出，帝君手握剑刃，赤金血顺着剑身流下。

与此同时，河对岸骑着尾鸣蛇盘旋于半空的伏婴猛地挥手下令："攻！"

妖兽们凶相毕露，张牙舞爪，涉水奔来。

帝君扬手，苍何剑身形暴长，竟长得如同一棵千年巨木一般，而后一化为千，竖列于颉水东岸，其森然剑气与赤金血融为一体，瞬息之间，将一千把苍何剑连成一片，形成一道坚不可摧的赤金结界。妖兽中打头阵的几头妖蛟刚飞渡过河，欲大开杀戒，便一头撞在结界壁上，有两头妖蛟的身体正撞在构成结界的苍何剑的剑刃之上，不待嚎叫一声，已被那吸了赤金血的利刃斩成了几段。

凤九吃惊地望着那威力十足的结界。

妖兽们前仆后继，尽皆葬身于结界之外，赤金结界外一时尸山血海。

伏婴骑着鸣蛇在半空气急败坏，施法欲攻破结界，虽看不出伏婴的进攻对结界造成了什么影响，但凤九仍是担心。

帝君重新拾起了那支浮于半空的昼度树权杖，凤九不可置信："你、你是还打算继续进行我们的成亲礼？"

帝君很淡定，像是他们此时并非在战场上，并没有遭遇敌军奇袭，妖兽围攻，他很平静地安慰她："别怕，还有一炷香，所有的礼仪就能圆满结束了。"看了一眼稳稳立在颉水之畔的结界，"这一次，不会再中途出岔子。"

凤九结结巴巴："可……"

帝君打断她，握住她冰冷的手，第三次对她说了别怕："别怕，我在这里。"安慰她，"我说没事就没事。"待感觉她的手没那么冰凉了，他转身面向台下众位将士，将手中的权杖高高举起，面色沉静地从左至右一划，权杖爆发出一道金光，瞬间覆盖整个战场。

凤九看不懂这个手势，但台下的将士们显然对这手势要表达的意思谙熟于心，在那金光铺散开来之际，气势如虹地齐声："列阵！"

金光抵达天际，四方天空忽然涌现出一支以孟极兽为坐骑的骑兵，坐骑与骑手皆是全副铁衣。孟极兽扬蹄奔至此处，稳稳悬浮于半空，双膝前跪，向神王表示出臣服之姿。地面传来兵甲撞击之声，声如洪钟大吕，步兵们分为了八个阵营，列出乾元大阵。

战旗在风中猎猎招摇，所有人都做好了战斗的准备。

帝君抬头望了一眼依然稳稳拦住妖兽的结界，没有立刻将它撤掉的意思，而是转身走向神树，继续方才没有走完的礼仪。偏偏他这么做好像也很合情合理，并不使人感到突兀。

"白氏凤九，轻灵慧黠，雅自天成，"青年的语声从容沉静，"深得吾心，愿与之结为夫妻，相守永世不渝。"一席话落地，昼度树周身绽放出静美柔和的七色光来，而后，一顶以昼度树花盏做成的神冠自丰茂的天树树枝之间掉落，被几只羽色美丽的雀鸟衔住，缓缓呈在了帝君面前。

东华自鸟雀们口中取过神冠，看向凤九："昼度树的审美还可以，这顶神冠还不错，是不是？"

凤九佩服帝君这个时候了还能开玩笑，目光落在那华美端丽的神冠之上，眼眶再一次不受控制地泛了红，一时说不出话来。

帝君走近一步，将神冠戴在了她的发顶。

神树降下神冠，代表着认可了神王所选择的神后的地位，已列军为阵的众位将士齐整地举起兵器，竖立于右方，以示敬意。兵器齐出之声震撼人心，庄重肃穆，不可言喻。

帝君站在凤九的身后，握住她的手，与她共同执起昼度树权杖，在她耳边轻声："既然已经成为他们的神后，那这最后一场战争，由你来指挥他们开启。"说着带着她的手执着权杖，用力向右一挥。

冲锋的号角响起，苍何剑收起结界，将士们蓄势欲发，齐声："进攻！"

颉水之东，两军正面交锋。

颉水之战，是帝君与伏婴上神之间的最后一战。

这场战事共持续了七七四十九日。

七七四十九日，神族的铁蹄踏平了北荒，伏婴大败，其所率领的叛军全军覆没。鬼君与妖君递上降书，帝君不受，最后，将伏婴、鬼君与妖君共斩于苍何剑下，三君尸首皆被沉于北海海底。

凤九并没有待在颉水经历整场战争。

战地艰险，她不欲帝君分心，第二日便在霏微的陪同下回了碧海苍灵。

战事还未结束的时候，有一日，霏微伺候着凤九和小滚滚在菜园子里给此前才种下不久的胭脂菜浇水。凤九说帝君喜欢吃胭脂菜，待他得胜归来，回到碧海苍灵，第一批菜也正好成熟了。

两人正聊着这个，凤九突然一转话题，问霏微："其实那日在战场，我与帝君的成亲礼是帝君的一个计吧？伏婴他躲在地气结界中老是不出来，也很烦，让他以为帝君成亲，军中会放松警惕，说不定能诱伏婴出来，帝君是这么想的，对吧？"她停了停，"伏婴最后也果然出来了。"

霏微猝不及防，心头一跳。他惊讶于凤九居然能猜出来，虽说得不全对，但也差不离了。

的确如此，伏婴所领之军无法克制乾元大阵，不得不躲入北荒。但他也不能永生永世躲在结界中，总是要寻时机出来。再则，帝君的风格也一向是速战速决，哪里能容伏婴与他成百上千年地对峙下去。帝君知伏婴刚愎自用，性子又急，因此围城北荒后，时不时，战场上就有婚事嫁娶，而每逢此时，都会故意令军中在正礼之时松懈一个半时辰。

与此同时，帝君用计，将所谓可克制乾元大阵的阵法图传给了伏婴。

那阵法图做得很真，伏婴虽急躁，幕僚们终归谨慎，然层层探讨研究下来，却也找不到什么纰漏。此外，伏婴派出去的探子们也探得帝君营地上的每一场婚礼都很真，那一个半时辰的松懈，也并非是计。幕僚们泰半文臣出身，心思周密，虽也察不出有什么不妥，但仍劝伏婴再静等一下时机，岂知帝君也将在战场上成婚。

在伏婴看来，这是绝佳的时机，破坏了东华的婚礼，还可振兴自己军队的士气，故而不顾臣僚们的劝阻，执意在这一日打开了结界，启动了战事。

霏微不知该如何同凤九解释帝君不是利用她，冷汗浸了一额头，结结巴巴："帝座、帝座并非当您二人的成亲礼是诱伏婴出来的工具，虽、虽然它的确起了这个作用吧，但您不要误会帝座啊！"霏微抹着汗，终于找到了一个点来证明帝君的真心，话也说得顺溜了一些，"您第一次去到颉水时，说羡慕颉水畔那个婚礼，帝座便记在了心上，从那时候便开始准备，为此不惜将生于三十三天的天树之王都掘来了北荒……"

凤九扑哧一笑，打断霏微："你这么紧张做什么，我从没觉得他利用我啊，若只是为了引出伏婴，让他手下最得力的神将娶亲不也是一个效果吗，还不用将天树之王掘过来。他是八荒的尊神，是这天下的定海神针。"她微微一笑，"你可知道二十六万年后，只要帝君被尊在太晨宫中，那天地四族便谁也不敢妄动。我所仰慕崇拜的，从来就不是个可以单纯地向他讨取男女之爱的神祇，他肩上背负着天下苍生，我从来都明白。"

霏微怔怔："帝后您……"

红衣少女抬眸望向远天，那正是北荒的方向："帝君对我，已经做到了他能做到的最好。此前我说，二十六万年后的帝君，才是最好的帝君，那不对，"她的眼眸中流露出温软的情意，"什么时候的帝君，都是最好的帝君。"

霏微静了片刻，有些动容，终于明白了为何八荒之中，爱慕帝君的女子如此众多，唯独是这个女孩子，能让帝君待她如此不同。丽而不妖，慧而不狡，晓义知理，善察人意。这八荒之中，可能再没有谁像她这样合帝君的意，能和帝君这样相配。

霏微不自察地笑了笑，心中突然有些欣慰。

捌

三年前，魔族的始祖女神少绾神羽化后，魔族便一分为七。少绾座下的七位魔君各领一支族人，盘踞南荒一方，各自为政。魔族自此进入了长达二十六万年的七君并立时代。

没了少绾的约束，魔族七君有点飘，伏婴起事天地再乱之时，也想掺一脚进去搅浑水，奈何彼时七君内部还在争地盘划疆界，着实有心无力，这才罢了。到这场叛乱后期，七位魔君才差不多处理好内部事宜，正摩拳擦掌地打算废除《章尾之盟》加入战局，谁想帝君作战神速，颉水河畔的战争已经宣告结束了。

且在战后算总账之时，帝君还给他们上了印象相当深刻的一堂课：起事者伏婴上神的拥趸一个不留皆被诛杀；鬼族与妖族之中，凡参与及支持过起事的世家也被一一清算。七日而已，叛乱者与异见者的鲜血便染红了整个西荒大地。

这堪称残酷的强硬手段大大震慑了魔族。蠢蠢欲动的七君们不得不收了小心思，无一再敢妄动。据说原本《章尾之盟》已经被急性子的苍之魔君给撕毁了，见识了帝君的铁血手段后，苍之魔君又悄悄地、小心翼翼地将撕毁的《章尾之盟》给一页一页粘好了重新贡了回去……

无论如何，八荒终于回到了三年前墨渊封神之初时的安宁和平：神族一统，天下归心。

不过，所有人都没有想到，魔族鬼族和妖族虽消停了，神族内部却又出了幺蛾子。

颉水之战的次月，有神君向长老团呈递了弹劾神王的弹劾文书。

弹劾之文洋洋洒洒，虽肯定了帝君镇压伏婴的功绩，却斥其手段太过狠辣。文中说，伏婴作乱，罪确当诛；然鬼君妖君乃是被伏婴蛊惑，虽曾助纣，却也真心悔悟递过降书，可帝君却无半点慈悲之心，依然诛杀二君，太过残酷。西荒北荒伏尸百万，血流漂杵，血海尸山中，尽现帝君的不仁之心。若为神王，岂能不仁，因此希望帝君主动让出神王之位，令神族得以另选仁王，以服天下。

长老团受理了此弹劾，私下议会，以十七比三的票数，同意弹劾帝君。

底下的神众们懵懵懂懂，但身居高位的神祇们都看出了这是怎么回事，不过是后栎上神与长老团自导自演搞出来的一场戏罢了：伏婴之乱的危机已解除，长老们不再需要帝君了，急着收回权力。以帝君之强势和在八荒的威望，若仍尊帝君为神王，可想而知，将来神族之事，绝无可能再有长老团说话的余地。说什么弹劾帝君，是因帝君不仁，他们另立仁王，乃为服天下。皆不过托词。

大家都以为帝君会怒，毕竟此事做得太过河拆桥，长老们也挺害怕，不过，搏一搏嘛。帝君虽然武力值强大，可他是个孤傲之人，从前也并无一争天下之心，因此帮墨渊统一八荒之时，手中并没蓄多少兵力，只有二十来位忠心耿耿的神将，几十万私兵罢了。后来帝君归隐，神将们也解甲归田了，没听说碧海苍灵还留存着什么额外的私兵。此次帝君出山，帮他们打败伏婴，所领之军也是神族之军。神族之军，乃墨渊、后栎与长老团之军。帝君以乾元大阵练神族之军，使神族之军成为一支独步天下的铁军，但这支铁军却并不属于帝君，而属于他们。

长老团考虑得很周密，因此并不太怕帝君效法伏婴与他们战场相见，相争神主之位，可他们却怕帝君在凌霄殿中发怒，玉殿之上屠他们满门……故而，在投下弹劾票之后，十七位长老纷纷告病，静悄悄躲在自己的府邸，做足了防御工事，生怕帝君上门找他们算账。

长老们连着几日没上凌霄殿，帝君竟也没上凌霄殿，五日后大家方感到了不妥，四处寻找，才发现整个一十三天都闭天了。

最后还是守护昼度树的灵树仙君前来凌霄殿传话。

灵树仙君似笑非笑："帝君说，诸位争权便争权，还搞什么弹劾，弄得如此清新脱俗，也是难为了你们，他不耐烦应付诸位，便回碧海苍灵了。对了，他还说，往后便是天崩地裂，也请诸位不要再去碧海苍灵烦他了。"

长老团一派尴尬，尴尬完了又生气，几个年长的长老更是气得要厥过去，奈何一不敢拿帝君出气，二不敢拿昼度树自个儿挑选出来的守树仙君出气，只得罢了。

消息灵通的折颜上神在九天仙神翻天覆地地寻找帝君时，便守去了碧海苍灵大门口。

果然被他等到了帝君。

折颜上神上前相拦，单刀直入向帝君："贤兄，你就这么认输了？"

"输？"帝君一边开门一边答他，"你说笑了，我的字典里并无这个字。"

折颜上神以为帝君只是嘴硬，自顾自跟在后头："老头子们利欲熏心，岂是真正在乎神族和八荒，不过觉得若你在神王之位上，于他们揽权不便罢了。"恨道，"狡猾的老头子们，哄你舍出乾元阵，为他们练出一支无敌之军，到头来这支军队反而成了他们的牌，用来对付你……可他们也忒心急了些，这才不过一个月就来夺你的权，是不是也太不讲究了！"

"嗯，"帝君打开门径直往里走，"他们的确是不敢太心急，我就帮了他们一把。"像只是随口一问，"多议神君弹劾我的那篇文书你也看了吧，是不是写得还不错？"

折颜上神眉头紧皱："什么时候了你还说……"突然反应了过来，不可置信，"那不会是……"

帝君淡淡："我给多议提供了一点思路。"

折颜上神惊呆了："……居然是你写的！"

帝君不愿居他人之功："文法遣词还是多议自己斟酌的。"

折颜上神感觉自己一口气上不来："你为何……"

帝君泰然："你不觉得如今的局面很好吗，所有人的站队都一目了然。"

折颜上神脑子里神思电转，一瞬之间，什么都想明白了。想明白之后，折颜上神觉得自己这数日忧心都喂了狗。

此时两人已站在了碧海苍灵的海子旁。帝君召来云船，看着折颜上神："天已晚了，你确定要去石宫做客？"又替他回答，"还是不了吧，霏微要照顾我们一家三口，没有时间招待你。"

"……"

折颜上神一时也不知该说点什么，只觉得自己为什么要跟进来，真是心里没数。见帝君毫无愧疚地独自上了云船，想了想，终归气不过，冲着帝君的背影嚷了一句："一家三口，你有一家三口了不起啊？"嚷完之后冷静地想了想，又觉得确实还挺了不起的，叹了口气，有点心疼自己，孤零零地转身打道回府了。

凤九是在帝君回来的前一日，方从霏微口中得知了九重天上这一桩日月变幻的大事。可史书上明明说帝君临危受命，暂代神王，颉水之战后，因对八荒治理无意，故主动放弃了神王之位，重回了碧海苍灵。

主动放弃离开，和被长老团弹劾离开，这差距就实在太大了。二十六万年后，四海八荒之中，谁胆敢给帝君这样的委屈受？

凤九当场就气哭了。闷闷坐了半夜，一边生气，一边又想帝君肯定也不开心，因此天还没亮就去了膳房，一整日都待在膳房中，打算做一桌精美的膳食迎帝君归来，同时抚慰帝君。

小仙童来膳房中禀报帝君已归，正在寝殿中等着她时，凤九刚开始炖最后一道佛跳墙，闻言立刻灭了火就往寝殿奔去。半路才想起今日在膳房中待了一天，沾了一身的烟火气，又赶紧去近旁的偏殿快速地沐了个身。

帝君也正好沐浴毕，坐在玉凳上，容霏微为他背后的鞭伤清创换药。那是在同伏婴的最后对决之中，为伏婴手中的苍雷鞭所伤。苍雷鞭乃是八荒兵器谱上排得上号的神兵，为它所伤，即便是帝君天生恢复力异于常人，没个几月伤口也好不了。

霏微刚把伤药取出来，帝君便听到了那急急奔来的脚步声，凌乱仓促，像蕴藏了许多急迫，无尽担忧。

他拢起衣服转身站起来，果然看到少女一身红裙，正站在殿门口望着他。

"过来。"他向她抬了抬手。

她看到了已被雪白中衣掩住的伤，一步一步走过来，眼眶红了，轻声问："怎么受伤了？"

少女垂着眸，用力地敛着泪，却抑不住眉骨眼梢的红。是心疼他，心疼得要哭了。她真的很好懂。

他摸了摸她的头，安抚她："放心，不是大伤。"

她仍垂着眸，咬了咬唇："转过去，让我看看。"

霏微极有眼色地放下药膏退了下去，还帮两人带好了殿门。关殿门时不意朝里觑了一眼，见帝君已被重新安置在玉凳之上。青年背对着殿门，未曾愈合的伤口将如雪中衣浸出了一点血渍。少女站在侧旁，看不清表情，一双素手攀在青年的肩脊处，正欲为他褪衣。霏微不敢多看，赶紧轻步离去。

上衣被褪下，堆叠在腰腹之处，青年结实漂亮的脊背裸露在殿内明珠的柔润荧光之中；那条狰狞的鞭伤也随之显露出来，从左肩直到右腰，贯穿整个背部，因愈合缓慢之故，清创之后，还能看见翻卷的新鲜血肉。

帝君并不觉得这是什么大伤，加之已好了一半了，原本觉着既然她那样坚持，那给她看看也没有什么，不料在宽衣那一刻，却听到身后传来明显的倒吸气的声音。他方知她仍被吓到了，本能地便要拢衣，口中也再次安抚她："别怕，已经快痊愈了，并不疼。"

她却拦住了他欲穿衣的手，声音很轻，带着一点欲哭的低哑："还没有上药。"

他停住了："不是被吓到了吗？"

"没有。"她闷闷地。

她端起霏微留下的药碗，开始为那伤口上药。药碗中有一支玉制的小匙和涂药棒，原是上药所用，她却担忧玉器太硬，弄痛他的伤口，权衡了一下，舍了玉器，用手指蘸了药膏，极轻极柔地为他涂抹。

他的身体绷紧了，她担忧是不是手指也碰痛了他，动作放得更加轻柔；因格外轻缓之故，许久之后，才给整道伤痕敷好药。

伤口被白色的药膏所覆盖，像是一条温润的绸带，滑落在了那一副结实的脊背之上。虽不再难看了，但一定仍是很痛，她想，否则在她为他上药之时，明明她的动作已那样轻缓，为何他的脊背上还是渗出了一层薄汗？一定是疼出来的。

这么想着，她一只手便搭上了他的肩，很是疼惜地轻声问他："是不是还疼？"不待他回答，又道，"我给你吹吹。"说着微微俯身，另一只手贴住了伤痕附近的赤裸肌肤，双唇凑上去，对着上好药的伤口轻轻吹了吹。

她感觉到那端坐的身体微微一颤。

"还是疼吗？"她心疼，但也想不出别的为他止疼的办法，贴住他背部的右手无意识地下抚，嘴唇移到了下面一点的伤口，"那我再给你吹一吹。"

就在那温热的气息再次拂至帝君背部的伤口时，她放在帝君左肩上的那只手突然被握住了。还没反应过来，手臂便被狠狠一拽，下一刻，她已半躺在了帝君的腿上，被他稳稳揽入了怀中。

少女茫然抬头，望着垂眸深深凝视着自己的青年。待他的右手掌着她的后脑迫使她迎向他时，她终于反应了过来：方才他的僵硬和战栗，其实并非是因为疼痛。她的脸似经霜的枫叶，一下子变得绯红："我、我不是……"想要辩解方才她真的是在很认真地为他上药，并没有想要引诱他。可话未完全出口，他已经垂首吻住了她。

很深的吻，吻了很久。

放开她后，他闭着眼睛，额头贴着她的额头。在他的亲吻之下，她的全身都热了起来，头脑也是一片昏沉，却还记得自辩，小声道："我没有想要……"

他不明显地笑了一下，仍闭着眼睛："嗯，不是你想要，是我想要。"

他的回答使她感到害羞，轻轻咬了咬下唇，抬手欲搭上他的肩，圈住他的脖子。然当目光落在他玉雕似的肩脊处时，她蓦地想起了他的伤，怔了一下，反应过来不应让伤患使力，立刻便要从他身上下去。察觉到了她的动作，他睁开了眼，看了她一瞬，突然横抱住她站起身来。她被吓了一跳，本能地搂住了他的脖颈。

不过几步。

几步后便是玉床。

碧海苍灵已入夜了，万籁俱寂。寝殿内虽有明珠照亮，但盛放明珠的贝壳皆是半掩，遗漏出的光微而柔，并不那么亮，为殿中蒙上了一层幽昧的朦胧之色。

少女被放在了一团松软的云被之间，下一刻，青年便俯身压了上去。她面红如血，立刻猜到了接下来可能会发生的事："你的伤……"青年的额头贴住了她，像是觉得这个时候她还关心他的伤很是可爱，笑了一下："没事。"然后抚着她的嘴唇，在帐内朦胧的微光之中，重新吻了上去。

霏微在寝殿外拦住了听说帝君回来后兴冲冲跑来见父君的白滚滚。

霏微也实在不知该如何向小滚滚解释他此时不能进殿，不仅此时，或许今夜他都不宜进殿。正在绞尽脑汁之际，见滚滚一脸沉思："父君是又在帮九九补课吗？"

霏微愣了一下："补、补课？"

滚滚点头："这种事，很寻常啦。好多时候晚上我去找九九，重霖哥哥都说父君在帮九九补课，我不能打扰。"无奈地叹了口气，"那九九的夫子真的很严厉的，她要是课业跟不上，的确是会被夫子重罚的，父君帮她补课很重要，我都明白的。"

霏微不知该如何回答这番话，只能机械点头："嗯，是，补课很重要。小主人明白就好。"

滚滚嗯了一声："那我就不打扰父君和九九用功了。"说着懂事地走了。

霏微心绪复杂地目送滚滚小小的背影消失在石廊之中，一时之间，感觉自己的良心微痛……

天边冰月正圆。

今夜人月两圆，明日将会是个好天。

玖

凤九醒来，却发现自己并非睡在碧海苍灵的岁寒殿里，而是躺在太晨宫的八叶殿中。她缓缓从床上坐起来，一眼便瞟到了近旁琴桌上放着的一套陶瓷小狐狸。那是大战渺落后，她醒来时，帝君为讨她欢心为她做的一套小狐狸。

凤九愣了一瞬。

立刻便明白了，这是二十六万年后的太晨宫。她回来了。

祖媞神说机缘到了，她和滚滚自然会从洪荒回到现世。她揉着额角努力回忆了半晌，想起来前一刻她正同帝君待在寿华野的水沼泽学宫中……难不成……她揉着额角的手指顿了顿，难不成水沼泽学宫中那只以凫丽之玉做成的置物匣，就是祖媞神口中的机缘？

她盘腿坐在床沿又仔细地想了会儿，觉得多半如此了。

帝君打算去水沼泽学宫，是在九重天另立后栐上神作为第三任神王的次月，说趁着后栐暂时没有心力将学宫纳为私物，他先去取样东西。

帝君平素不大提正事，但凤九若问起，帝君也从不瞒她，她若理解不了，帝君还会耐心地同她解释。霏微说，帝君其实是那种倘若觉得一个人不够聪明，就懒得和他说话的类型，他伺候帝君十来万年，还是第一次看到帝君对人这样有耐心。

老实的霏微说这话原本是为了使帝后高兴，但他显然没意识到他把帝后给归入了不聪明这个类型。帝后可能确实有点呆呆的，没听出来，所以也没有怎么样，但要命的是这话被路过的帝君给听到了，帝君拿出了一本《跟折颜上神学习说话之道》，罚霡微抄了三十遍。《跟折颜上神学习说话之道》，是折颜上神第一次拜访碧海苍灵，被帝君噎得怀疑人生之后，送给帝君的一本书。可能折颜上神自己也没有想到，这书最后会是这个用途。

因帝君什么都不瞒她，所以凤九得知了帝君的欲取之物，乃是少绾遗留下来的一卷阵法图。

据帝君所言，眼下八荒中唯一能克制他的乾元阵的阵法，便是少绾私下所绘制的芥子须弥阵。关于此阵的存在，世间只有三人知晓，一个是他，一个是少绾本人，另一个是收藏了这卷阵法图的墨渊上神。其实他此前漏给伏婴的那卷阵法图，也不是真的没用，只要将其中暗藏的三十六处关窍一一修正了，便能真正克制住乾元阵。但比之少绾的芥子须弥阵，那卷图还是有不及之处。芥子须弥阵，须弥纳芥子，芥子纳须弥，大中有小，小中有大，是个以少胜多以柔克刚之阵。要以少量兵力克制以绝对兵力作保的乾元大阵，世间唯有芥子须弥阵能够做到。

凤九年纪虽小，但毕竟是青丘女君，也不是什么时候都呆呆的，想了一阵，就明白了。芥子须弥阵既是这个功用，帝君又打算拿到它，说明帝君此时就已有了重回九重天之心，而并非如史书所述，直到三千年后天地再乱，帝君不耐大战又起，才决定再次出山，一统五族，重执权柄。

史书还说了什么来着？哦，对了，史书记载，后栎上神执掌昼度树权杖，成为第三任神王后，魔族、鬼族、妖族为乾元大阵所慑，尽皆宾服。四海之中，八荒之内，迎来了五族混战以来最长的一个和平时期。三千年，四族生灵得以休养生息。然三千年后，魔族七君之一的绀之魔君竟设法成功破解了乾元阵。乾元阵被破，神族之军再不是常胜不败。绀之魔君随之便撕毁了《章尾之盟》，联合魔族七君，共同向神族宣战。神魔之战就此拉开序幕，八荒再次大乱。

凤九和霏微分享了这段历史:"史书说帝君素来无意天下,然魔族撕毁盟约发动战争令八荒生灵受苦,后栀上神又无能无法收拾局面,帝君慈心,无法坐视八荒再次大乱,故此才再开碧海苍灵,率座下七十二战将,领百万之军,将两族给一一修理了。"同时她提出了自己的疑问,"不过我觉得帝君似乎已预料到了天下必将再乱,早已决定了要参与此战,并且已经开始为此战做着准备了,对吗?"

霏微不愧帝君最为信任的掌事仙者,碧海苍灵内外一把抓,什么都知道。凤九能看出来帝君的打算,固然是因为帝君毫无隐瞒之故,但她能如此上心,如此关怀,也是很令霏微欣慰,立刻知无不言言无不尽地回道:"魔族最擅阵法,看过帝君漏给伏婴的破阵雏形图,就算再蠢,研究个三千年,也是该研究出正确的破阵之法了。不过话说回来,"他顿了顿,修正了一下,"其实就算没有帝君的雏形图,魔族到最后,应该也是能破阵的,只不过得用多少年才能破得了,那就不好说了。"

修正完了他继续道:"神族最大的敌人其实一直都是魔族,一旦魔族破解乾元阵,自然会再次挑起战争。帝君的确是早早料到了这一点。"

凤九若有所思地点头。

霏微微微一笑:"这八荒四海,唯有帝君能做各族之主,长老团和后栀上神都不明白,还以为算计了帝君便能坐稳神王之位。既然他们不明白,那么就趁此机会让他们彻底弄明白罢了,这也是帝君一向利落的行事作风。"

凤九沉默了一下:"我知道帝君一向爱下棋,可以天地八荒为棋盘布一局棋……帝君是这么有事业心的人吗?"

霏微也沉默了一下,然后轻轻一叹:"若帝君早有一争天下之心,怎会不早早蓄养得力的战将和强大的军队?若有了充足的兵力,又何须再等几千年再去收拾神族降服魔族?墨渊上神在时,帝君的确懒得管这些事儿,也承认墨渊上神乃是神王的最佳人选。父神所出,天地正统,谁敢有不臣不服之心?可墨渊上神这不是走了吗,而新神纪又毕竟是墨渊上神和少绾神的心血,他们已经做到了这个程度,让庸人毁了这个局面,太过可惜。"

凤九怔了半响:"我知道帝君的时候,已是二十多万年后,帝君已避世在太晨宫中,留给后世的只是史书之中战无不胜攻无不克的一个影子。他好像做什么事都很容易,而且无所不能。我不知道,原来帝君也有需要这样隐忍考量、周密打算去做一件事的时候。"

霏微笑了:"毕竟这的确是一件颇有难度之事。"

和霏微的这场谈话,凤九并没有同帝君提及,只暗暗在心中做了决定,此时帝君既有大事需要筹备,那陪在他身边的自己,必得加倍贴心才成,虽然可能也无法为帝君分什么忧,但至少不能让他反为自己操心。因此帝君要去水沼泽办正事,她原本是很想跟着去瞧瞧热闹的,愣是忍住了没提。

不过帝君却主动将她给带上了,说一路上可以照顾一下他的起居。这个理由,凤九并不能拒绝。况且,她真的很想去那座在她出生之前便早已沉入东海海底的神秘学宫看看。

结果在水沼泽中,他们居然遇到了传闻中失踪已久的墨渊上神。看帝君的模样,对于墨渊上神隐在此处,好像也并不是太惊讶。

墨渊上神乃是她姑姑白浅的师父,因此自墨渊上神从封印鬼君擎苍的七万年沉睡中醒来之后,凤九也是见过这位尊神几面的。彼时所见的尊神沉稳持重、静然隐逸,令人望之便心生崇敬之感;然水沼泽中的这位上神,模样虽同二十六万年后无甚区别,一身气质却是大不相同。若说二十六万年后的墨渊上神乃是一枚沉静古玉,此时的这位尊神则既像是一柄染血之刃,因倦怠而藏锋,与世无争;又像是一朵浸血之兰,身在世外幽谷,心在无间地狱。

史书中不曾记载过墨渊创立新神纪后突然失踪的缘由,因此凤九并不知这事还同少绾有关系,此时见到这位尊神如此模样,心中虽然好奇,但也知道此时不是相问帝君的好时机。

好在墨渊上神虽对天下之事已是心灰意懒,但听闻帝君寻芥子须弥阵的用途,倒也没有为难,在藏书阁中转了片刻,很快寻出来一只以凫丽之玉做成的精美置物匣来,说阵法图便收在置物匣中。

玉匣并非少绾所制,乃是祖媞所赠,因盖子的右下角题着祖媞的名字。

凤九看玉匣精美,在帝君打开匣子取出阵法图后,打算赏鉴赏鉴;结果手刚碰上去,玉匣忽然爆发出刺目银光,以迅雷不及掩耳之速将她卷了进去;而她在被卷入银光的那一瞬间不省人事,然后再醒过来,便已回到了现世。

八叶殿中，凤九撑着下巴盘腿坐在床沿，自回忆中回过了神来。刚回神，便听到一阵急促的脚步声传来，抬头看，发现来人竟是本该在仰书阁中闭关的帝君。凤九有些恍惚。帝君定定看了她一眼，见她好好坐在床边，方像是松了口气，走过来，伸手碰了碰她的额头："有没有哪里不舒服？"

凤九呆了一阵，忽然一笑，双手握住帝君的手，轻轻摇了摇，仰头看着帝君："说出来你可能不信，帝君，我好像穿越到了二十六万年前，看到了十四万岁时的你！"

帝君居然一点也不吃惊："那时候我怎么样？"

她捏着他的手指玩："那时候也很好啊，你怎么不吃惊？"

他理了理她睡乱的耳发："带你去章尾山游玩，又带你去水沼泽长见识，我自然很好。"

凤九瞪大了眼睛："你、你怎么知道？！"

当日祖媞神艺高人胆大，在滚滚不小心穿越之后，将凤九也给送去了二十六万年前，并且觉得好像没有什么通知帝君的必要，幸而三殿下谨慎，亲去了仰书阁告知了帝君。得知此事，帝君自然要追过去，但就连他亦无穿越时光回到过去的能力，还是只能让祖媞帮忙。

祖媞的意思是虽然她能回溯时光，但也无法平白将谁给送回到过去，小滚滚和小凤九能穿回过去，说是她为之，不如说是天意为之；帝君既然执意要追过去，她也只能尽力而为，至于帝君能不能回到二十六万年前，也得看他有没有这个机缘了。而且，因在二十六万年前的时光中已存在着一位东华帝君，所以他一旦回到了那个时代，便会取代彼时的东华，再则他也不会像凤九和滚滚那样，还保有此时的记忆，所以他穿不穿过去，其实没有任何意义。

不过帝君不觉得这没有意义。

他在那个时代，的确不再记得二十六万年后的事情，彼时的东华帝君，的确同原本那个时代的帝君无异。但当凤九触摸到祖媞的玉匣之时，机缘降下，他和远在碧海苍灵的滚滚因同样不属于那个时代，也随着玉匣普照世间的银光，重新穿越了回来。

听帝君说清楚原委，凤九吃惊极了："原来是这样吗？祖媞神说过，一旦我和滚滚穿越回来，我们在那段时光中留下的所有印记都会消失，也不会再有人记得我们。"杏子般的眼里流露出极为灵动的快乐之色，"我原本还在想,帝君记不得我们有那样一段日子,很是可惜,可现在,感觉真是好幸运!"

她抱住他的腰兀自高兴了好一会儿,突然想起什么似的,从他的腰上抬起头来。脸上的笑容收住了,她看了他一阵,拉住他的手让他在她身边坐下:"可我有个问题,"娇娇芙蓉面上显露出困惑之色,"如果帝君不记得我的话,那为何那么快,帝君就喜欢我了呢? 因为照帝君所说,我穿越过去时,你根本就不认识我啊,只是听我说我是你未来的妻子罢了,可你一开始就对我很好,"她皱着眉头,真切地疑惑,"为什么会对我那么好,很快就喜欢上我?"轻轻咬了咬唇,"因为现实的情况并不是这样啊,当初明明是我追帝君追了好久好久,帝君才喜欢上我。"

他抬手敲了敲她的额头:"现实的情况是,你在太晨宫当了四百年宫婢,我从未见过你,你说追我追了很久,但我全然不知。待我们有了缘分,你回归了青丘帝姬的身份,初次见你时,我……"他突然停住了。

她跪坐在他身旁,抚着额头上被他敲击的那一处,有些好奇:"初次见我时,帝君你怎么样?"

初次见她时,她自往生海上浮浪而来,一头漆黑的长发,一身雪白的纱裙,轻盈地立在水浪之上,向着整个迎亲队盈盈而笑。瀑布似的长发湿透了,额发贴在脸颊上,显得本就只有巴掌大的一张脸更是小巧。九天神女中,谁也没有那样灵动的笑,那样清丽的姿容。

他一直以为往生海畔初见她时,其实对她并无太多的印象,但此时回忆,当日情景,竟是历历在目。他怔了许久。

直到她再次扯住他的袖子追问初次见她时他怎么样了,他才回过神来,自己也未曾察觉到眉目间所流露出的暖意:"初次见你时,不是就被你吸引了吗?"

她揉着额头的手顿住了,瞪大了眼睛,好一会儿,才喃喃地:"真的吗?"

他笑了笑,接替她,为她揉起她额头上方才可能被他敲疼了的那一处:"所以即使我们互不相识,只要我看到你,就会很快喜欢上你,无论再来多少次都一样。"

她呆呆地看着他,许久,突然眼眶一红,然后整个人都扑了上来,紧紧圈住他的脖子,脸颊顺势埋在了他的肩膀上。

很快地,他感到肩膀上湿了一块。

"怎么又哭了?"他轻声。

她却只是牢牢抱住他,脸颊更紧地贴住了他的肩,闷闷地,又娇娇地:"我也不知道,就是很开心,但还是很想哭。帝君你不许看我!"

"嗯,不看。"他抬手抚了抚她的头,在发顶上印下了一吻。

菩提往生开满宫墙,花盏簇拥,似云雾绵绕。

佛铃花在夜风中轻舞飞扬。

此夜是良宵。

枕上书

梦回洪荒远古时